Amour, argent et fantaisie

J'AI LU

Barbara Cartland est une romancière anglaise dont la réputation n'est plus à faire.

Ses romans variés et passionnants mêlent avec bonheur aventures et amour.

Vous retrouverez tous les titres disponibles dans le catalogue que vous remettra gratuitement votre libraire.

Barbara Cartland

Amour, argent et fantaisie

traduit de l'anglais par Annie HAMEL

Éditions J'ai lu

Titre original :

MONEY, MAGIC AND MARRIAGE

1

1898

Avec un sourire triomphant, le colonel Ashurst reposa la lettre qu'il venait de lire.

— J'ai gagné ! s'exclama-t-il.

Sa fille Oletha, assise à l'autre bout de la table, leva les yeux.

— J'ignorais qu'un de tes chevaux courait cette semaine, papa.

— Il s'agit de quelque chose de bien plus important, répliqua le colonel.

Oletha patienta, sachant que son père aimait raconter les histoires à son rythme. Vu l'expression de son visage, ce devait être un événement très agréable.

Le colonel Ashurst était un homme encore très séduisant qui, dans sa jeunesse, avait fait vibrer bien des cœurs. Oletha l'avait souvent entendu dire par sa mère.

— A mon arrivée d'Amérique, lui avait-elle raconté, de sa voix douce et musicale où ne perçait qu'un léger accent, je m'attendais à ce que les Anglais soient beaux garçons, mais quand j'ai vu ton père, je suis restée sans voix.

— Comment l'as-tu rencontré, maman? s'était enquise Oletha.

— Lors de mon premier bal en Angleterre, un bal donné pour l'ouverture de la chasse. J'étais fascinée par tous ces gentlemen dans leur habit rouge, mais un peu choquée par leur côté tapageur.

Oletha avait ri. Elle avait entendu parler des polkas endiablées et autres danses bien rythmées qui animaient les bals aux petites heures du matin.

— Tu t'amusais bien, maman?

— Enormément! Mais lorsque j'ai rencontré ton père, j'ai su qu'il m'arrivait quelque chose d'extraordinaire! Je n'avais jamais pensé tomber amoureuse d'un Anglais.

— Etait-ce donc si terrible?

— Pour mes parents, sans aucun doute. Nous étions venus en Angleterre pour voir le pays de leurs ancêtres. Mais ils n'avaient pas l'intention de m'y laisser. Et ils ont tout fait pour que je rentre avec eux en Amérique.

— Mais tu étais si amoureuse de papa que tu n'as pas pu le quitter, avait conclu Oletha, qui connaissait l'histoire par cœur.

— Par la suite, il a juré qu'il ne m'aurait jamais laissée repartir. Il m'aurait enlevée, puis forcée à l'épouser, que je le veuille ou non.

« Oui, cela ressemble fort à ses manières de pirate, se dit Oletha, en regardant son père. Quand il désire quelque chose, il l'obtient. »

Toujours déterminé à gagner, celui-ci avait été un excellent soldat, puis un propriétaire de chevaux de course prospère.

Aujourd'hui, son air radieux montrait qu'il avait

encore obtenu satisfaction. Oletha attendait une explication.

— Tu sais que j'ai toujours eu de grandes ambitions pour toi, Oletha, déclara-t-il enfin.

— Quel genre d'ambitions, papa?

Elle supposa qu'il voulait parler de son éducation. En effet, contrairement à la plupart des chefs de famille anglais, le colonel avait tenu à ce que sa fille excellât en tout.

Cela était dû en partie au fait qu'Oletha était enfant unique. Bien qu'il l'admît rarement, le colonel regrettait de n'avoir pas eu de fils pour perpétuer le nom des Ashurst et entretenir le domaine qui appartenait à la famille depuis quatre cents ans. N'acceptant jamais de s'avouer vaincu, il avait donc décidé qu'Oletha serait élevée comme un garçon.

Sous sa tutelle, elle devint non seulement une cavalière hors pair, mais aussi un excellent fusil. Lors des parties de chasse, elle assistait toujours au coup de grâce. Mais comme il eût été choquant qu'on la vît manier une arme, son père organisait pour elle des séances de tir, auxquelles ne participaient que lui-même, le régisseur et un vieil ami. Lesquels se montraient d'ailleurs à la fois surpris et jaloux chaque fois qu'elle atteignait une cible difficile — un faisan ou une perdrix qui volaient très haut, par exemple.

Dans le cadre de cette éducation particulière, Oletha avait en outre bénéficié des leçons des meilleurs professeurs dans les matières où un père souhaite habituellement voir briller son fils. C'est ainsi qu'elle avait appris le latin et le grec. Parfois, son père semblait regretter qu'elle ne fût pas allée à Oxford, où elle aurait sans nul doute brillamment réussi.

Un jour, elle lui apprit qu'il existait une section

pour les jeunes filles, dans cette université vouée à la gloire de l'intelligence masculine. Le colonel lui répondit que sa fille se devait d'être féminine avant tout.

Oletha était habituée à son esprit de contradiction. Il la voulait cultivée et sportive comme un homme, mais aussi douce et effacée comme une femme. Et, curieusement, Oletha avait réussi l'impossible : elle était exactement devenue ce qu'il voulait qu'elle fût.

Et maintenant, c'était une jeune personne très féminine qui était assise en face de lui. Mince, gracieuse, un corps à la fois musclé et fin, Oletha était exceptionnellement jolie. Ses yeux immenses devenaient violets lorsqu'elle était en colère ou émue. Une couleur qui s'alliait divinement bien à celle de ses cheveux dorés comme les blés. Quelque ancêtre suédois les lui avait certainement légués, ainsi que son petit menton volontaire lui donnant parfois l'air aussi déterminé que son père.

Mais la plupart des gens remarquaient surtout ses yeux et son petit nez bien droit.

Son père posa sur elle un regard scrutateur avant de répondre :

— Mes ambitions, ma chérie, concernent ton mariage.

Cette nouvelle eut sur elle l'effet d'une bombe.

— Mon... mariage ?

— Je ne t'en ai jamais parlé car tu es encore très jeune. De plus, je prévoyais de t'envoyer à Londres au bal des débutantes, la saison prochaine. Tu aurais été présentée à la cour, naturellement. Mais entretemps quelque chose s'est passé qui m'a fait modifier mes projets.

— Et... de quoi s'agit-il ? demanda Oletha.

Encore sous le choc, la jeune fille avait du mal à

ordonner ses pensées. Elle s'était attendue à ce que son père organise sa vie sur tous les plans, et particulièrement depuis qu'elle avait perdu sa mère. Mais le mariage restait pour elle une idée abstraite et lointaine, qui ne l'effleurait que rarement.

L'année précédente, Oletha n'avait que dix-sept ans à l'époque du bal des débutantes, et son père l'avait jugée trop jeune pour l'y envoyer. Il avait d'ailleurs paru satisfait à l'idée d'attendre jusqu'au mois d'avril de cette année pour qu'elle fût présentée à la cour. Elle aurait alors près de dix-huit ans et demi.

Il y avait tellement de choses à faire, dans leur propriété du Worcestershire, tant de chevaux à monter, qu'Oletha n'était pas impatiente de se lancer dans la ronde mouvementée des bals, réceptions et autres festivités qui ne manqueraient pas d'accompagner ses débuts dans le monde.

Elle avait néanmoins pensé que cela pourrait être amusant, avec son père à ses côtés, mais à présent il avait d'autres projets.

— Oletha, je t'ai souvent parlé de mon ami, le duc de Gorleston. Tu t'en souviens?

— Oui, papa. Tu l'as rencontré à Epsom, il y a quelques années, et il t'a été très reconnaissant de lui avoir conseillé de miser sur ton cheval, un outsider qui a gagné la course.

— Exact. Et ensuite, chaque fois que nous nous voyions aux courses, le duc venait me demander conseil.

— Et tu l'as toujours aiguillé sur le bon cheval...

— Presque toujours, admit le colonel. C'est ainsi que nous sommes devenus amis. Ce que je trouve très gratifiant...

Oletha parut étonnée. En effet, son père n'avait pas l'habitude d'exprimer ainsi ses sentiments. Il comprit aussitôt ce qu'elle ressentait et expliqua :

— Les ducs, ma chère enfant, constituent une race à part. En outre, la pratique des sports place les hommes sur un pied d'égalité. Ceci est vrai pour moi, en tout cas.

— Je ne comprends pas...

Le colonel but une gorgée de café avant de déclarer :

— Tu comprendras en temps voulu. Tout cela a un rapport direct avec ce que je te dirai tout à l'heure.

— Je t'écoute, papa.

— Comme tu le sais, la famille Ashurst est réputée dans le Worcestershire, où nos ancêtres ont vécu depuis plusieurs générations. Mon père ainsi que mon grand-père ont occupé de nombreuses fonctions officielles dans le comté, excepté celle de représentant de la Couronne.

— Je me suis souvent demandé pourquoi on ne t'offrait pas ce poste, papa.

— C'est simple : je ne suis pas quelqu'un d'assez important ! Le représentant de la Couronne agit au nom de la reine et, bien que nous ayons toutes les raisons d'être fiers de notre lignée, nous ne sommes pas des aristocrates au vrai sens du terme.

Oletha laissa échapper un petit rire.

— Et cela t'ennuie, papa ?

— Non, s'il ne s'agissait que de moi...

Il marqua une pause, la regarda, et Oletha devina qu'il pensait à elle. Puis il poursuivit :

— Mon père n'était pas riche, je ne l'étais pas non plus. J'ai épousé ta mère parce que je l'aimais, et j'ai découvert, longtemps après lui avoir fait ma demande, qu'elle était, selon les critères anglais, une très grande héritière.

— Maman m'a souvent raconté combien tu as été surpris de l'apprendre, dit Oletha en souriant. Tu es d'une nature très fière. Et au début, paraît-il, cela te contrariait vraiment qu'elle fût plus riche que toi.

— En effet, admit le colonel. Mais que ta mère fût sans le sou ou riche comme Crésus m'indifférait totalement. Nous nous aimions, et c'était tout ce qui comptait.

Oletha sourit d'un air rêveur.

— Oh, papa, c'est si romantique ! J'ai toujours rêvé de rencontrer un homme comme toi et de tomber amoureuse au premier regard !

Son père jeta un coup d'œil à la lettre posée sur la table.

— Peut-être est-ce trop demander, ma très chère enfant. Le vrai coup de foudre arrive rarement. Et je suis infiniment reconnaissant à la vie de m'avoir accordé cet amour-là.

Pendant quelques instants, son regard parut se perdre, comme s'il se replongeait dans le passé, dans le bonheur partagé avec son épouse.

— Continue, papa, le pressa Oletha.

Il tressaillit, puis posa à nouveau son regard sur elle.

— Tu sais bien que ta mère et moi, même si nous avons vécu dans l'aisance dès le début, ne sommes devenus vraiment riches que cinq ans après notre mariage, quand les gisements de pétrole de son père furent découverts.

— Quelle joie dans la maison, le jour où tu reçus la lettre t'annonçant que maman était désormais multimillionnaire ! se souvint Oletha. Mais ce premier moment d'excitation passé, cet événement sembla ne rien changer.

— C'est exact. Tu vois, Oletha, la vie nous avait comblés : nous nous aimions, nous t'avions, toi, notre adorable petite fille. Cette fortune nous servit essentiellement à acheter des chevaux.

— L'écurie Ashurst est désormais célèbre, remarqua Oletha, un soupçon d'ironie dans la voix.

— Mais j'espère bien ! s'exclama le colonel. J'ai acheté les plus beaux pur-sang. Je les ai entraînés moi-même. Et tu admettras que mes théories sur leur entraînement ont fait leurs preuves.

C'était là sa principale source de fierté ; Oletha le savait.

— Personne n'aurait pu réussir mieux que toi, papa. Et tout le monde s'accorde à dire que de tous les propriétaires du Jockey-Club, tu es celui qui en sait le plus sur les chevaux.

— D'où tiens-tu cela ?

— Je l'ai lu dans le *Sporting Times.*

— Tu devrais me montrer cet article. Ce genre de compliment fait toujours plaisir.

Puis, s'apercevant que la discussion s'était éloignée de son sujet, il reprit sur un ton tout différent :

— Mais nous parlions de toi. Après la mort de ta mère bien-aimée, j'ai compris qu'il faudrait que je m'occupe seul de toi, et j'ai commencé à penser sérieusement à ton avenir.

— Presque comme si j'étais l'un de tes chevaux, remarqua Oletha, un pétillement malicieux dans les yeux.

Mais son père garda son sérieux.

— Toute femme désire se marier, et tout père digne de ce nom souhaite voir sa fille épouser un homme qui non seulement la rendra heureuse, mais lui offrira la sécurité et une bonne position sociale.

Oletha se taisait, écoutant son père avec attention.

— Tu comprendras, ma chère enfant, qu'étant un amateur de courses je désirerais te voir franchir la première le poteau d'arrivée dans ce grand prix du mariage, et te voir dotée du plus merveilleux des trophées.

— La Coupe d'Or d'Ascot, par exemple !

Oletha avait parlé d'un air insouciant, mais n'en commençait pas moins à se sentir inquiète.

Elle n'aimait pas la façon dont son père parlait de son mariage, comme s'il avait déjà tout arrangé, sans même la consulter.

Bien qu'elle ne s'opposât à lui que rarement, pour ne pas dire jamais, elle était décidée à choisir seule et librement l'homme qui deviendrait son époux.

— Venons-en au fait, papa. Essaies-tu de me dire que tu m'as déjà choisi un mari ?

Anxieuse, elle attendit sa réponse. Leurs regards se croisèrent, et elle comprit qu'il lui parlerait sans ménagement et avec franchise.

— Oui, admit-il. J'ai décidé que tu épouserais le nouveau duc de Gorleston !

Oletha en eut le souffle coupé. Finalement, elle parvint à articuler :

— Le « nouveau » duc ? J'ignorais que tu le connaissais.

— Il est arrivé des Indes juste avant le Grand Prix de Goodwood. Il savait que j'étais un ami de son père et m'a salué avec effusion.

Le colonel sourit à ce souvenir. Visiblement, l'attitude du jeune homme lui avait plu.

— Depuis, nous nous sommes revus en diverses

occasions. Mais c'est à Doncaster que j'ai compris dans quelle situation financière il se trouvait depuis la mort de son père.

— Et quelle est cette situation, papa ? demanda Oletha, pressentant déjà la réponse.

— Il a terriblement besoin d'argent.

Oletha aurait pu deviner l'issue de cette conversation, mais elle n'en était pas moins ébranlée.

L'argent... L'argent avait toujours été un handicap dans sa vie. Son immense fortune l'avait éloignée des autres filles de son âge, et avait créé de bien des manières un obstacle presque insurmontable entre elle et le monde extérieur.

Lors des réceptions auxquelles elle avait assisté ces dernières années, on murmurait sur son passage : « C'est une riche héritière ! »

En revanche, ses amies intimes abordaient la question en toute franchise.

— C'est injuste, Oletha ! s'était exclamée l'une d'elles, quelques semaines plus tôt. Non seulement tu es la plus belle, mais aussi la plus riche.

— Deux choses indépendantes de ma volonté, avait-elle répliqué.

— Nous le savons, avaient rétorqué ses amies. Et c'est d'autant plus exaspérant !

Elles avaient ri, mais Oletha avait décelé une pointe d'envie dans leurs propos. Trop souvent, sa fortune suscitait non seulement l'envie, mais la malveillance.

— Ta fortune ne doit pas représenter un souci pour toi, ma chérie, lui avait dit sa mère. Montre-toi simplement gentille, généreuse et compréhensive vis-à-vis de ceux qui n'en ont pas.

— Je ne te comprends pas bien, maman.

— Les gens seront toujours un peu jaloux de toi, parce que tu es riche. Certains essaieront même de profiter de ton amitié. Que cela ne te rende jamais cynique, ni amère, si d'aventure on devait te trahir.

— Bien sûr que non, avait murmuré Oletha.

— C'est un privilège de pouvoir aider les autres. La sympathie, l'amitié, l'amour, sont des valeurs plus importantes que l'argent. Ton grand-père a travaillé dur pour amasser une immense fortune. De cela tu ne peux te glorifier. En revanche, tu ne dois pas ignorer les responsabilités liées au fait d'être riche.

— Je comprends, maman, avait répondu Oletha d'un ton grave.

— Il n'est pas toujours simple d'être riche, avait ajouté sa mère. Fie-toi à ton cœur, Oletha.

— Mon cœur ?

— Oui. Ton cœur te dira qui est sincère et qui ne l'est pas. Et n'oublie jamais que l'amour est ce qui compte le plus au monde.

Se souvenant de ces sages conseils, la jeune fille s'adressa à son père avec assurance :

— Me demandes-tu vraiment d'épouser un homme que je ne connais pas ? Je n'arrive pas à croire que tu aies pu suggérer pareille idée au duc !

— Les choses se sont passées différemment, déclara le colonel, légèrement embarrassé. Je vais t'expliquer comment.

— Je brûle de le savoir !

— Voilà trois semaines, j'ai rencontré le duc au Jockey-Club. Je crois qu'il était ravi de cette rencontre parce qu'il a peu de relations en Angleterre. Il a vécu à l'étranger pendant sept ans.

— En Inde, avec son régiment.

— Exact. Il s'est d'ailleurs distingué au combat et a été décoré.

Il y avait une note de fierté émue dans sa voix. Tout ce qui concernait l'armée lui rappelait son passé.

— J'ai demandé au duc quels chevaux il avait engagés dans la course, poursuivit-il. Il m'a répondu qu'il avait justement l'intention de me parler de ce problème et de me demander conseil. Je lui ai alors assuré que je me ferais un plaisir de l'aider, et c'est ainsi qu'il m'a confié ne plus pouvoir se permettre d'entretenir l'écurie de courses de son père. Il m'a demandé de l'aider à trouver le meilleur moyen de s'en défaire ! J'étais complètement abasourdi ! La perspective de ne plus voir courir l'écurie Gorleston dans les grands prix me semblait inimaginable !

Il soupira avant de poursuivre :

— Son défunt père était si fier de ses chevaux ! Lorsqu'il gagnait une course, il sautait de joie comme un collégien.

— Etais-tu au courant de ses difficultés d'argent avant qu'il ne meure ?

Le colonel parut gêné. Sans lui laisser le temps de répondre, Oletha s'exclama :

— Tu le savais dans le besoin et tu l'as aidé !

— Il m'était facile de lui prêter de l'argent. Il lui était beaucoup plus difficile de s'adresser à des usuriers.

— Je te reconnais bien là, papa. Tu devais être ravi de venir en aide à un ami.

Son père se montrait toujours généreux avec ses proches.

De plus, voler au secours d'un duc avait dû flatter son sens particulier du devoir.

La jeune fille entendait encore sa mère lui dire, avec un soupçon de malice :

« Les Anglais sont snobs, ma chérie, tu t'en apercevras plus tard. Il n'y a pas un seul Anglais qui ne nourrisse une affection particulière pour la noblesse. »

— Continue ton histoire, papa, le pressa-t-elle encore une fois.

— Nous avons trouvé un endroit tranquille dans les tribunes, et le duc m'a avoué dans quelle situation il s'était retrouvé à son retour des Indes. Son père a laissé des dettes considérables, mais le pire c'est l'état de délabrement dans lequel se trouve son domaine. Feu le duc aurait dû faire restaurer le manoir depuis longtemps.

— Tu m'as toujours dit que c'était l'une des plus belles maisons d'Angleterre, remarqua Oletha.

— Une propriété splendide, en effet. Mais je dois t'avouer une chose : la seule fois où j'y ai séjourné, j'étais trop impressionné par sa magnificence pour me préoccuper de savoir si le toit prenait l'eau ou si les plafonds étaient près de s'effondrer.

— Tu veux dire qu'il y a des tableaux et des meubles d'une très grande valeur ? Alors pourquoi le duc ne les vend-il pas ?

— Parce qu'il s'agit de biens inaliénables. Les demeures ancestrales ne sont pas la propriété réelle de l'héritier en titre, mais considérées comme un bien transmissible de génération en génération. Des curateurs veillent à ce que la somme des biens reste inchangée au fil des successions.

Oletha commençait à entrevoir ce que son père avait en tête.

Il la regarda d'un air pensif avant de continuer.

— Nous avons parlé un long moment, mais de toute évidence, le duc avait encore des choses à me dire.

Aussi me demanda-t-il de venir le voir à Londres, à la fin de la saison des courses.

— Et tu l'as vu hier soir?

— Nous avons dîné ensemble. Il m'a avoué qu'il n'avait plus les moyens d'ouvrir Gorleston à ses hôtes. En fait, il va fermer définitivement plusieurs de ses demeures.

Après un silence, le colonel poursuivit :

— Il m'a expliqué la situation dans ses moindres détails et m'a répété qu'il souhaiterait que je l'aide à vendre ce qui peut l'être, en évitant toutefois une publicité fâcheuse dans la presse. Il ne veut pas risquer que l'on critique son père pour avoir ainsi laissé les choses se dégrader. Je ne peux que le louer d'une telle attitude. Si j'avais un fils, j'aimerais qu'il se conduise ainsi dans une situation semblable.

Oletha songea qu'il était peu probable, voire impossible, que cela arrive. Mais elle se tut, attendant simplement que son père reprît son récit :

— J'ai alors exposé au duc l'idée qui m'était venue : plutôt que de vendre les biens de sa famille, pourquoi n'épouserait-il pas une riche héritière ? Sa fortune lui permettrait de conserver le prestige des Gorleston et de garder intactes les possessions familiales.

Oletha retenait son souffle.

— Et qu'a répondu le duc ? s'enquit-elle.

— Mon idée l'a tout d'abord surpris : il n'avait jamais considéré un riche mariage comme une solution à ses difficultés.

— Et puis ?

— Il a déclaré d'un ton plutôt sec qu'il refusait absolument de devenir un coureur de dot. Je lui ai assuré que je le comprenais, mais que cette idée valait la peine qu'on y réfléchisse. Epouser une riche héritière pour faire face à ses responsabilités est chose judicieuse et déjà éprouvée. Je lui ai aussi rappelé qu'il ne devait pas penser qu'à lui-même, mais considérer ce que deviendraient les domestiques fidèles à sa famille s'il les abandonnait. A son air, j'ai bien vu que ce problème le préoccupait déjà. J'ai alors évoqué les orphelinats, les hospices et toutes les œuvres de charité, dont s'occupe sa famille depuis si longtemps... Il m'a répondu qu'il savait tout cela, mais qu'il ne consentirait pas à épouser une femme pour son argent, et à vendre son titre. Il trouve cela consternant, dégradant et même obscène! Il a été catégorique. D'ailleurs, un homme comme lui — car il est très bien de sa personne — a dû être aimé de beaucoup de femmes, sans avoir besoin d'afficher son titre.

Le colonel fit une pause, puis reprit:

— En fait, il n'était pas destiné à prendre la succession de son père, jusqu'à l'année dernière.

— Pourquoi? demanda Oletha.

— Parce qu'il avait un frère aîné.

— Tu ne m'as jamais parlé de lui.

— Je ne l'ai pas connu. Il était de santé fragile, et passait son temps à Spa, en Belgique.

— De quel mal souffrait-il?

— Je l'ignore. Le vieux duc parlait rarement de lui, et je n'ai jamais rencontré quelqu'un qui connût le marquis.

— Et maintenant, il est mort.

Le colonel hocha la tête.

— Lorsque j'ai vu le duc, après la mort de son fils, j'ai compris qu'il était heureux que Sandor, le cadet, fût désormais destiné à lui succéder.

— Je me demande si Sandor était heureux ou non, murmura Oletha, comme pour elle-même.

— Il m'a dit qu'il ne s'était jamais attendu à hériter et qu'il n'avait jamais joui d'aucun privilège particulier en tant que fils d'un duc.

Le colonel eut un petit rictus ironique.

— Je sais exactement ce qu'il entendait par là. Dans la plupart des familles nobles, on s'occupe exclusivement de l'héritier. Les autres enfants se débrouillent comme ils peuvent, avec peu d'argent et peu d'égards.

— Cela me paraît injuste, remarqua Oletha.

— Ta mère aussi était de cet avis. Mais c'est ainsi que vivent les Anglais et, quoi que nous en pensions, nous n'y changerons rien.

Oletha acquiesça, tout en songeant que, si elle avait un jour plusieurs enfants, elle veillerait à ce que ses biens fussent équitablement répartis entre eux tous. Mais si jamais elle se mariait avec un Anglais, celui-ci disposerait à son gré de sa fortune, se dit-elle aussitôt.

Ce qui lui rappela à quel point l'idée de l'épouser pouvait être séduisante pour un homme peu fortuné. Plus particulièrement si, comme le duc, il manquait cruellement d'argent non seulement pour lui-même mais pour de nombreuses âmes dont il avait la charge.

— Et qu'as-tu dit au duc à mon sujet, papa? demanda-t-elle en le regardant droit dans les yeux.

— Que je me proposais de te présenter à lui et qu'il n'aurait pas ainsi à rechercher une riche héritière.

— Qu'a-t-il répondu à cela?

— Il m'a regardé d'un air étonné. Je suis persuadé qu'il ne s'était jamais douté que j'avais une fille. En revanche, il me savait veuf.

— Que lui as-tu raconté à mon sujet ?

— Rien du tout ! Je lui ai simplement dit : « Ma fille a été élevée à la campagne et n'a pas encore fait ses débuts dans le monde. C'est une très grande héritière. Son grand-père était américain et était considéré comme le roi du pétrole texan. Je vous suggère de réfléchir à ma proposition et de me permettre de venir passer quelques jours à Gore avec elle. »

— Qu'a-t-il répondu ? demanda Oletha.

— Qu'il fallait réfléchir et qu'il m'écrirait. Il retournait sur ses terres et me demandait d'observer la plus grande discrétion sur notre conversation, tant que je ne recevrais pas de ses nouvelles.

Oletha regarda son père.

— Je suppose que tu viens donc de recevoir la lettre que tu attendais ?

— Absolument. Le duc y a joint une invitation à une partie de campagne qui aura lieu dans quinze jours, et lors de laquelle il y aura une chasse au faisan.

— Une chasse au faisan !

— Les parties de chasse sont réputées à Gore, lui expliqua son père. Le prince de Galles était souvent l'invité d'honneur, du temps du vieux duc. Et cela ne me surprend pas que l'on ait vivement incité le nouveau duc à convier Son Altesse Royale à l'ouverture de la chasse !

— Mais le duc n'a certainement pas les moyens d'organiser de telles festivités ! objecta Oletha.

— Tu oublies que cette chasse est le couronnement d'un travail et d'un investissement de plusieurs mois. Les gardes-chasse s'occupent depuis l'été dernier de l'élevage des faisans que nous allons tirer. Ils les ont lâchés dans la campagne, voilà deux mois.

Le colonel marqua une pause.

— Tout cela a coûté beaucoup d'argent, poursuivit-il. Aussi serait-ce une erreur que de laisser ces faisans vivants.

— A présent je comprends, dit Oletha.

— Tu auras donc le privilège d'assister à l'une des plus belles chasses du comté, et je ne te cache pas que je suis moi-même très impatient d'y être. Ah ! j'aimerais tant que tu puisses tirer, toi aussi, et montrer au duc comment tu sais tenir un fusil.

— Crois-tu vraiment que ce soit le genre de qualité qu'il apprécie chez une femme ? demanda Oletha avec une pointe d'humour.

Son père n'apprécia pas son ironie et la regarda durement avant de lui demander :

— L'idée d'épouser l'homme que j'ai choisi pour toi te déplaît-elle ou t'indigne-t-elle ?

— Les deux ! répondit Oletha. Très franchement, papa, j'ai le sentiment que tu me vends comme une marchandise, et je trouve ça tout à fait dégradant.

Le colonel eut un geste agacé.

— Je ne veux pas que tu prennes les choses ainsi ! rétorqua-t-il. Je sais bien que tu préférerais tomber amoureuse de l'homme que tu épouseras. Mais tu es intelligente, Oletha. Alors t'es-tu jamais demandé si c'était seulement possible ?

— Que veux-tu dire par là ?

— Je veux dire que ta fortune empêchera tout honnête homme de demander ta main.

Le colonel voulait faire réagir sa fille et il y parvint.

— Mais si je tombe amoureuse de lui... commença Oletha.

— Il s'enfuira à l'autre bout de la terre plutôt que de se laisser aller à t'aimer, l'interrompit le colonel.

— Mais tu as bien... épousé maman, bredouilla Oletha.

— Je ne l'aurais pas fait si elle avait été aussi riche que toi. Et puis, quand je l'ai rencontrée, j'ignorais qu'elle hériterait d'une telle fortune.

La jeune fille se leva et se dirigea vers la fenêtre. Même dans sa tenue d'équitation, dont l'un des pans de la jupe était relevé et fixé à la hanche, Oletha possédait une grâce étonnante. Ses cheveux blonds, déjà mis en valeur par la couleur sombre de sa veste, brillaient sous la lumière du soleil.

Son père posa sur elle un regard peiné. Il savait à quel point elle était vulnérable, et combien la vie pouvait être cruelle pour une jeune fille aussi riche.

Il connaissait ces coureurs de dot, ces parasites qui tentaient de s'attacher des femmes de tous âges, pourvu qu'elles fussent riches. Et il s'était juré de ne jamais laisser sa fille entre les mains de créatures si méprisables.

Mais il savait parfaitement que ce ne serait pas simple.

Cela dit, le duc était exactement le genre d'homme qu'il eût aimé avoir pour gendre, même sans titre de noblesse. Et il espérait convaincre les deux jeunes gens d'accepter ce mariage comme la solution à leurs problèmes respectifs.

Oletha se taisait, alors il reprit la parole :

— Lorsque tu feras la connaissance de Sandor, tu comprendras pourquoi je voudrais qu'il soit ton époux. Il a de l'expérience, a beaucoup voyagé, affronté des dangers, et il n'a pas seulement appris à commander, mais à se gouverner lui-même.

Oletha se taisait toujours.

— Je te demande seulement de le rencontrer et de réfléchir à ce mariage. Mais, ainsi que je te l'ai dit en toute sincérité, et peut-être un peu brutalement, ton choix est fort limité. En vérité, je préférerais te voir morte, plutôt que mariée à l'un de ces misérables qui te courtiseront dans le seul but de s'emparer de ta fortune.

Il avait parlé avec tant de violence qu'Oletha fit volte-face. Voyant l'expression d'inquiétude sur ses traits, elle vint près de lui.

— Tu te fais trop de souci pour moi, papa. Pourquoi ne renonces-tu pas tout simplement à l'idée de me marier ? Je suis très heureuse avec toi, et je te manquerais si je ne vivais plus ici.

Comme il ne répondait pas, elle se pencha vers lui, l'enlaça et mit sa joue contre la sienne.

— As-tu oublié que nous devions chasser ensemble à l'automne prochain ? demanda-t-elle d'une voix douce. Tu as besoin de moi. Tu m'as toujours dit qu'à moi seule je valais deux piqueurs réunis !

Le colonel sourit et pressa la main de sa fille.

— Bien sûr que tu me manquerais et la maison me semblerait vide sans toi. Mais, ma chère enfant, je ne serai pas toujours là pour veiller sur toi. Qu'arrivera-t-il alors ?

— Tu es encore jeune, papa, tu as de nombreuses années devant toi.

— Une femme doit avoir une maison à elle, un mari et des enfants, argumenta-t-il.

Oletha frissonna légèrement, comme si cette idée l'effrayait.

— Fais-moi confiance, poursuivit son père. Laisse-moi faire les choses à ma manière. Si je suis battu à l'arrivée, j'accepterai ma défaite de bonne grâce, malgré ma déception. Tu sais bien que je déteste perdre.

Oletha eut un petit rire, comme malgré elle, et qui n'exprimait aucune joie.

— Fais-moi confiance, répéta le colonel.

La jeune fille se raidit et s'éloigna légèrement de lui :

— Très bien, papa. J'irai à Gore et je verrai ton duc. Mais tu dois me promettre sur ce que tu as de plus sacré de ne jamais m'obliger à épouser un homme contre ma volonté.

Il y eut un silence. Oletha pensa que son père allait protester. Mais il déclara :

— Je me suis toujours fié à mon intuition, Oletha, et cela m'a réussi. Aussi as-tu ma promesse, une promesse sans réserve.

— Merci, papa, dit-elle d'une voix mal assurée.

Elle n'avait pas l'impression d'avoir remporté une victoire, mais de s'être engagée vers l'inconnu, un inconnu effrayant.

Soudain, elle eut envie de revenir sur sa parole, de dire à son père qu'elle ne ferait pas la connaissance du duc car elle n'avait nullement l'intention de se soumettre.

Mais le colonel ne lui laissa pas le temps de parler. Il se leva.

— Viens ! dit-il. Nous perdons du temps et les chevaux nous attendent.

La jeune fille ne put que ravaler les mots qu'elle était sur le point de prononcer.

— Je vais chercher mes gants et mon chapeau. J'en ai pour une minute.

Elle sortit de la pièce en courant.

Le colonel, quant à lui, quitta la salle à manger

l'esprit en paix. Tel un parieur, il avait misé sur un véritable outsider et la course s'était déroulée mieux que prévu. Néanmoins, les choses n'avaient pas été simples...

2

Oletha ne dormit pas cette nuit-là.

Confortablement installée dans son lit, dans sa très belle chambre décorée selon son goût, elle pensait qu'elle s'était laissé prendre à un piège auquel elle aurait peu de chances de réchapper. Une fois à Gore, si le duc lui proposait de l'épouser, il lui serait impossible de se dérober.

Son père avait toujours rêvé d'une plus grande reconnaissance sociale. Dans le Worcestershire, lui et sa femme, quoique très respectés, n'avaient jamais été traités sur un pied d'égalité avec les familles nobles.

Le comte de Coventry, par exemple, connu à travers toute l'Angleterre, était considéré dans le Worcestershire comme un vrai gentleman et un sportif hors pair. Il y avait aussi lord Cavendish Bentick, frère du duc de Portland et grand veneur ; lord Dudley, qui vivait dans l'une des plus imposantes demeures d'Angleterre et le comte Beauchamp, propriétaire de l'une des plus anciennes.

La mère d'Oletha n'avait jamais accordé d'importance au protocole mondain et ne s'offusquait pas, par exemple, de ne pas être placée aux côtés de l'hôte dans un dîner. Le colonel, par contre, se sentait presque insulté s'il n'était pas choisi pour escorter son hôtesse jusqu'à la table.

Cela paraissait dérisoire, de la part d'un homme qui avait tout pour être heureux. Mais c'était ainsi. Et, depuis la mort de sa mère, Oletha voyait bien que son père plaçait en elle tous ses espoirs, toutes ses ambitions.

Elle comprenait à présent pourquoi il lui avait donné une éducation aussi complète, pourquoi il préparait depuis deux ans son entrée dans le monde comme un véritable événement.

Ainsi que l'exigeait la bienséance, Oletha n'avait participé à aucune réception qui ne soit exclusivement réservée aux filles de son âge. Aussi n'avait-elle qu'une idée très vague de ce qu'était la vie en société.

Mais, malgré son expérience très limitée de la vie mondaine, la jeune fille imaginait sans peine que la partie de campagne à laquelle le duc les avait conviés serait des plus fastueuses.

Tous les invités seraient d'importantes figures sociales, hôtes habituels de feu le duc. Peut-être le prince et la princesse de Galles viendraient-ils.

Aussi ne manquerait-on pas de remarquer la présence du colonel Ashurst et de sa fille et de deviner pourquoi ils étaient là.

En ces circonstances, il serait difficile de refuser la demande en mariage du duc. Celui-ci se sentirait forcément humilié ; quant à son père, il serait furieux.

« Je ne peux aller à Gore, se dit-elle. Il me faut trouver un moyen de me rétracter, avant qu'il ne soit trop tard. »

Elle réfléchit à un prétexte plausible : invoquer une

indisposition soudaine fut sa première idée. Puis elle se dit qu'à moins qu'elle ne soit mourante le colonel l'emmènerait là-bas bon gré mal gré.

Non, elle ne voyait aucun moyen d'échapper à la volonté de son père. Elle ne pouvait tout de même pas tomber volontairement de cheval et risquer une fracture, ou pire...

« Que faire ? Que faire ? » se demanda-t-elle inlassablement avant que le sommeil eût enfin raison d'elle. Mais lorsqu'elle s'éveilla, cette angoissante question résonnait toujours dans sa tête.

Au petit déjeuner, son père lui parut très gai. Oletha comprit qu'il avait accepté l'invitation du duc et qu'il se réjouissait à l'idée de se rendre à Gore.

La veille, heureusement, des amis étaient venus dîner. Aussi n'avaient-ils pu parler de ce brûlant sujet qui tourmentait Oletha.

Ce matin-là, ils échangèrent des propos sans importance, puis le colonel dit :

— Tu n'as pas oublié, Oletha, que je pars cet après-midi ?

— A vrai dire, papa, je ne m'en souvenais pas.

— J'ai promis à lord Ludlow de passer quelques jours chez lui. Je dois le conseiller à propos de chevaux qu'il vient d'acheter et qu'il désire mettre à l'entraînement.

— Ce sera certainement agréable, dit Oletha machinalement.

— Dès qu'il s'agit de chevaux, je suis heureux, admit le colonel. J'ai l'intention d'aller à Londres ensuite. Je dois assister à une vente à Tattersall.

— Une vente importante ?

— Pas vraiment. Mais il y aura un étalon que je tiens à acquérir.

— Laisse-moi t'accompagner!

Il secoua la tête.

— Pas cette fois, Oletha. On m'a convié à un dîner d'anciens de l'armée, ce qui veut dire que je devrais te laisser seule. En outre, une soirée est prévue chez mes vieux amis, les Cunningham.

Oletha poussa un petit soupir.

— Il faudra donc que je reste à la maison, comme Cendrillon.

— J'en ai bien peur, ma chérie. Mais tu auras de quoi occuper tes journées. Tu as tes cours d'italien avec ce nouveau professeur, ne l'oublie pas.

— Je le sais. Mais je commence à en avoir assez de toutes ces leçons. Je ne connais la vie qu'à travers les livres.

Le colonel éclata de rire.

— Tu as tout le temps de connaître la vie. Et ton apprentissage commencera lors de ton séjour à Gore. Souviens-toi que c'est une jeune dame que j'emmène avec moi, pas une petite fille.

— Alors il me faudra de nouvelles robes, remarqua Oletha.

— Voilà bien des propos dignes d'une femme, dit son père en souriant. J'ai déjà résolu ce problème.

— Vraiment?

— Oui. J'ai passé une commande à la boutique d'Hanover Square où s'habillait ta mère. Ils m'ont préparé une douzaine de leurs plus belles créations. J'irai les prendre avant de quitter Londres.

— C'est gentil, papa. Mais j'aurais préféré choisir mes robes moi-même.

— Jusqu'à présent, tu as toujours approuvé mes goûts en matière de mode, lui rappela-t-il.

— C'est exact, tu as très bon goût, admit Oletha.

Mais puisque tu me considères désormais comme une adulte, j'aimerais pouvoir porter les tenues qui me plaisent.

— Je n'y vois aucun inconvénient. Seulement, cette fois, nous sommes pressés par le temps. Alors si tu as des désirs précis quant à la couleur ou au style de tes robes, écris à la boutique dès aujourd'hui pour les en informer. Tu peux même leur envoyer des croquis. Après tout, tu dessines bien.

— C'est une très bonne idée. J'ai toujours admiré ton sens pratique, papa.

Le colonel comprit qu'elle était légèrement irritée par ses manières autoritaires.

— Pardonne-moi de te bousculer ainsi, s'excusa-t-il. Mais il nous reste peu de temps, et je voudrais tellement que tu resplendisses de toute ta beauté !

— Aurais-je droit au tapis rouge et au roulement de tambour à mon arrivée ? demanda la jeune fille, sarcastique.

Elle savait bien que sa beauté ne serait pas ce qui la rendrait la plus séduisante. Sa fortune avait un pouvoir d'attraction bien plus grand.

Ne s'attendant pas à ce que son père réponde à ses propos acerbes, elle n'insista pas.

Comme chaque matin après le petit déjeuner, la jeune fille et son père galopèrent à travers le parc, puis entamèrent le parcours d'obstacles aménagé dans l'enclos des chevaux.

Le colonel regarda Oletha sauter les barrières de bois. Quelle élégance ! se dit-il. Quelle cavalière hors pair ! Non, aucun homme ne pourrait manquer de remarquer ses qualités.

Le duc tomberait certainement amoureux d'elle au premier regard.

Par contre, il était plus difficile de prévoir les réactions d'Oletha. Il était très proche d'elle et avait bien senti que ce projet de mariage la troublait. Elle était capable, contrairement aux jeunes filles de son âge, de maîtriser ses émotions. Mais jusqu'à quel point ?...

Craignant pour le succès de son entreprise, le colonel répugnait à l'idée de laisser Oletha seule plusieurs jours. Ce n'était peut-être pas le moment... D'un autre côté, s'il restait, il ne pourrait échapper aux questions qu'elle brûlait sûrement de lui poser.

Et moins elle en saurait sur le duc et sur Gore, plus elle aurait de chances d'être impressionnée et agréablement surprise lors de leur rencontre. Du moins, il l'espérait... Car les femmes, même jeunes et inexpérimentées, sont des êtres imprévisibles...

Le cheval de la jeune fille franchit le dernier obstacle. Celle-ci se redressa, puis sourit à son père.

— Jupiter progresse tous les jours. Je crois que je l'ai bien entraîné, et j'espère que tu es content de moi.

— Très content ! s'exclama le colonel. Et maintenant, je crois que nous devrions rentrer : j'ai demandé que le déjeuner soit servi plus tôt aujourd'hui.

Le colonel partit aussitôt le repas achevé. Se sentant un peu seule, ce qui lui arrivait rarement, Oletha se dirigea vers la bibliothèque.

Elle n'avait pas dit à son père que le professeur d'italien ne viendrait pas cet après-midi-là. Il avait envoyé un message l'informant qu'une mauvaise grippe le retenait au lit.

« Que vais-je bien pouvoir faire ? » se demanda-t-elle.

L'idée de cette rencontre avec le duc — dans deux semaines à peine — occupait toutes ses pensées. Aussi ne savait-elle plus comment organiser sa journée.

Elle laissa errer son regard sur les rayonnages de l'imposante bibliothèque. Son père avait récemment acquis de nouveaux livres. Ceux-ci occupaient tout un côté de la bibliothèque. De l'autre, s'étageaient les rangées d'ouvrages accumulés par la famille au fil des siècles.

Bien que les Ashurst eussent compté une majorité de grands soldats et de sportifs, ceux-ci n'en avaient pas moins apprécié la littérature.

— Il faudrait faire restaurer certains de ces livres, avait suggéré Oletha à son père. Et puis, il faudrait les cataloguer. Je suis sûre que nous avons des trésors ici, et il me paraît important que nous sachions exactement ce que nous possédons.

— Tu as raison, avait-il dit. Je me demande pourquoi je n'y ai pas songé moi-même.

Le colonel avait écrit au British Museum, et reçu bientôt une liste de divers conservateurs recommandés par le musée. Et depuis deux mois, Mr. Baron s'était attaché à cataloguer les livres de la bibliothèque.

Oletha avait constaté avec plaisir qu'elle ne s'était pas trompée : de nombreux livres pouvaient intéresser des étudiants en littérature médiévale, d'autres seraient très précieux pour des historiens.

Certains volumes étaient en très mauvais état, et Mr. Baron les avait envoyés dans un atelier de restauration.

— Cela aurait dû être fait il y a des années, avait-il observé.

— Vous ne devriez pas me le reprocher, l'avait gentiment grondé Oletha. Sans moi, ils auraient pu rester dans cet état pendant encore au moins un siècle !

— Les futurs Ashurst vous en seront très reconnaissants, avait dit Mr. Baron.

A présent, Oletha regardait les ouvrages rangés en bon ordre. Elle en prit un. C'était un manuel datant du XVe siècle, merveilleusement illustré.

Elle en tournait les pages, lorsque la porte de la bibliothèque s'ouvrit. Mr. Baron entra.

Oletha lui sourit.

— J'étais en train d'admirer votre travail.

— Je vous remercie, Miss Ashurst. Je viens d'apprendre que votre père est parti.

— Effectivement. Il reviendra d'ici à quelques jours.

— Alors je lui dois des excuses.

— Pourquoi donc ?

— J'ignorais qu'il partait aujourd'hui. Aussi ne lui ai-je pas dit que je m'en allais demain.

— Demain ! s'exclama Oletha.

— J'ai terminé mon travail, expliqua Mr. Baron. Voici le catalogue complet que je m'apprêtais à remettre à votre père cet après-midi, ajouta-t-il en le lui tendant.

Oletha vit qu'il avait recopié de sa belle écriture tous les titres des livres par ordre alphabétique. En face de chaque titre figurait le nom de l'auteur, la date de parution de l'ouvrage et presque toujours un bref résumé de son contenu.

— C'est merveilleux ! Mon père va être ravi !

— Je l'espère. Je regrette seulement de ne l'avoir pas vu avant son départ. Je lui aurais dit combien j'ai aimé ce travail et je l'aurais remercié pour sa gentillesse à mon égard.

— Je dirai tout cela à papa, lui promit Oletha. Et lorsqu'il aura vu ce catalogue, je puis vous assurer qu'il vous écrira pour vous féliciter.

— J'en serai flatté. Je pense que ce catalogue devrait vous intéresser, Miss Ashurst. Après tout, c'est vous qui en avez suggéré l'idée à votre père.

— Et grâce à vous, j'ai appris beaucoup de choses sur ces ouvrages. Je vous en remercie.

— Ce fut un plaisir...

— Mais pourquoi êtes-vous si pressé de nous quitter ? s'enquit la jeune fille, tout en tournant les pages du catalogue. Papa sera de retour dans moins d'une semaine, et je sais combien il aimerait s'entretenir avec vous de votre travail.

— En réalité, Miss Ashurst, j'ai reçu une lettre importante ce matin : on me demande de cataloguer une très grande bibliothèque. Il se pourrait bien que j'y découvre des trésors insoupçonnés, des ouvrages encore plus rares qu'ici.

Ces propos éveillèrent la curiosité d'Oletha. Elle leva les yeux vers le conservateur.

— Vous paraissez très excité à cette idée, remarqua-t-elle.

— Vous avez raison, Miss Ashurst ! avoua Mr. Baron en riant. Je passe la majeure partie de mon temps à cataloguer les ouvrages des bibliothèques publiques, et cela n'est pas très palpitant. Rares sont les fois où je pénètre dans des bibliothèques privées, où se cachent des livres extraordinaires, le plus souvent ignorés.

— Je comprends. Et où se trouve cette bibliothèque que vous brûlez de découvrir ?

— A Gore, Miss Ashurst. D'après la lettre du secrétaire du duc, je devine qu'elle renferme des milliers d'ouvrages encore jamais inventoriés.

— Gore ! murmura Oletha.

— C'est l'une des plus belles demeures d'Angleterre. J'ai souvent entendu parler de sa bibliothèque, mais je n'ai jamais eu l'occasion de la voir. Et, qui sait, il pourrait bien y avoir là-bas des manuscrits et des in-folio d'une valeur inestimable. N'oublions pas que les Gorleston ont joué un rôle important dans l'histoire de notre pays...

Mr. Baron continuait de parler avec enthousiasme. Pourtant, Oletha ne l'écoutait plus. Quelle étrange coïncidence... Mr. Baron se rendait à Gore : juste au moment où le duc venait d'entrer dans sa propre vie d'une manière si inattendue.

Machinalement, la jeune fille remit en place le livre qu'elle avait feuilleté.

— Je me doutais que vous apprécieriez ce livre, Miss Ashurst. Je n'ai pas oublié que vous avez attiré mon attention sur *La Vie des hommes illustres* de Plutarque, un ouvrage que j'aurais pu ne jamais trouver si vous ne me l'aviez pas montré.

Mr. Baron eut un petit rire malicieux avant de poursuivre :

— Si jamais vous deviez un jour gagner votre vie, je suis sûr que vous pourriez vous lancer dans une carrière de conservateur.

Oletha le regarda d'un air pensif.

— Il faut que je vous parle, Mr. Baron, déclara-t-elle enfin. J'ai besoin de votre aide.

Le lendemain matin, assise dans la confortable calèche de son père, en direction de la gare, Oletha se dit qu'elle se lançait dans une aventure digne de figurer dans un roman.

Elle en avait prévu chaque détail après sa conversation de la veille avec Mr. Baron. Cette nuit-là, incapable de dormir, elle avait minutieusement échafaudé son plan, de peur d'oublier quelque chose qui la trahirait. Et, tout comme les pièces d'un puzzle se mettent en place d'elles-mêmes, tout était devenu de plus en plus clair au fil de la nuit.

Bien entendu, il avait tout d'abord fallu persuader Mr. Baron du bien-fondé de ce plan.

De prime abord, l'idée d'Oletha le choqua. Il refusa de prendre part à un projet qui risquait de compromettre l'estime que lui portaient le duc et le colonel. Puis Oletha s'était confiée à lui, l'implorant de lui accorder son aide. Et il avait cédé.

En fait, dans ses efforts pour le gagner à sa cause, elle avait l'air si adorable, si vulnérable, que n'importe quel homme, quel que fût son âge, n'aurait pu rester insensible à ses prières.

— Ce que je fais là n'est pas bien, j'en suis certain, Miss Ashurst, dit finalement le conservateur. Vous me demandez de prendre de gros risques, et peut-être de briser une carrière jusqu'ici sans tache.

— Je vous promets que vous n'aurez pas à vous en repentir, l'assura Oletha. Tout ce que je vous demande, c'est de ne pas vous rendre à Gore avant quatre jours. Mais vous enverrez un télégramme au duc, lui annonçant que vous êtes en route.

Elle marqua une pause puis reprit :

— Dès mon arrivée là-bas, je dirai que vous avez été retenu au dernier moment, que je suis votre assistante et que je vous remplace pour quelques jours.

— Ils ne manqueront pas de trouver étrange, vu votre jeune âge, que vous soyez mon assistante, remarqua Mr. Baron, mal à l'aise.

— Alors je prétendrai être votre fille. Personne ne pourra rien objecter à cela.

— Certes non, Miss Ashurst. Mais il est aussi fort peu vraisemblable que j'aie une fille telle que vous.

Oletha sourit.

— Qui pourrait penser cela sans vous avoir jamais vu ? En outre, vous êtes trop modeste, Mr. Baron. Je serais très fière d'être votre fille.

Oletha mit presque deux heures à gagner son soutien, mais finalement il accepta de rester au manoir quatre jours de plus avant de se rendre à Gore.

— Dès votre arrivée là-bas, je partirai. J'aurai eu tout loisir d'apprendre ce que je veux savoir sur le duc. En outre, je dois être rentrée avant le retour de papa.

— Mais lorsque le duc apprendra qui vous êtes, Miss Ashurst, que va-t-il me dire ?

— C'est très simple : je prétendrai que vous ne saviez rien de cette supercherie. Vous pourrez toujours prétendre que vous pensiez en avoir terminé ici, et qu'au dernier moment vous vous êtes aperçu que vous aviez oublié de cataloguer toute une série de livres. Papa vous ayant engagé le premier, vous vous deviez de lui accorder la priorité et d'achever votre travail ici avant d'en entamer un autre.

C'était d'une logique sans faille, et Mr. Baron se laissa convaincre.

Après quoi il fallut persuader le secrétaire de son père de la laisser partir.

— Le colonel ne m'a pas averti de votre départ, protesta Mr. Allen.

— Je n'ai ouvert la lettre de mon amie, qui m'invite quelques jours chez elle, qu'après le départ de papa, expliqua Oletha. Il était ennuyé de me laisser seule ; il sera donc ravi de me savoir chez Elizabeth Grayson.

Quand il entendit ce nom, Mr. Allen parut rassuré.

— Si vous allez chez lady Grayson, c'est parfait, Miss Oletha. Il fallait le dire tout de suite.

— Je voyagerai en train jusqu'à Paddington. Ils viendront me chercher là-bas.

Mr. Allen donna son accord, mais Martha, la vieille domestique au service de la jeune fille, n'apprécia pas d'avoir à préparer les bagages aussi rapidement.

— J'ai besoin de peu de chose, la rassura Oletha. Papa me rapportera des robes de Londres. Il était temps: j'en ai assez de ces vieux vêtements.

— Je n'ai jamais rien entendu d'aussi extravagant! fulmina Martha. Vous n'avez porté vos dernières robes que quelques mois.

— C'est vrai, admit Oletha. Mais ce sont des robes pour petite fille. J'ai l'intention de m'habiller différemment maintenant que je suis une adulte.

Martha n'écoutait pas: elle remplissait simplement la malle tout en grommelant.

Oletha réfléchissait à la manière de l'évincer de son projet. Ce ne serait pas simple.

En tant que fille de Mr. Baron, elle pouvait difficilement arriver à Gore accompagnée d'une femme de chambre. Mais par ailleurs, il eût été impensable qu'elle voyageât seule, même sur une courte distance, à fortiori pour aller voir une amie.

Oletha en conclut que, dans un premier temps, il ne lui fallait surtout pas quitter la maison sans Martha. Au moindre doute, Mr. Allen télégraphierait immédiatement à son père.

Que faire de Martha sitôt quitté la maison? Comment l'évincer sans qu'elle se vexe ou se méfie de quelque chose? Autant de questions qui tourmentèrent Oletha toute la nuit et restèrent sans réponses.

Certes, elle pouvait mettre Martha dans la confidence. Mais ce serait une erreur : la vieille femme de chambre, par maladresse, risquait de les trahir dès leur arrivée à Gore.

Ce ne fut qu'une fois dans le train, installée avec Martha dans un compartiment privé, qu'Oletha eut brusquement une idée.

Oletha vint s'asseoir à côté de Martha.

— Je crois t'avoir dit, Martha, que j'ai reçu une lettre de Nounou, voilà environ un mois.

— Oui, vous me l'avez dit, Miss Oletha.

— Tu te souviens que Nounou nous demandait de venir la voir la prochaine fois que nous serions à Londres ?

— Effectivement, je m'en souviens.

— Alors je voudrais que tu ailles passer les quatre prochains jours chez Nounou.

— Et pourquoi cela, Miss Oletha ? demanda Martha, surprise.

— Eh bien, je n'ai pas voulu te le dire avant que nous partions, mais lady Grayson m'a priée instamment de ne pas venir avec ma femme de chambre.

— Pour quelle raison ? s'indigna Martha. Il y a pourtant des années que j'y vais.

— C'est vrai, admit Oletha. Mais tu sais que la maison n'est pas immense, et, apparemment, Elizabeth donne une grande fête. Sir Robert et lady Grayson ont eux-mêmes invité quelques amis. Ce qui signifie que toutes les chambres sont prises.

— Dans ce cas, pourquoi ne m'avez-vous rien dit ? demanda Martha sur un ton de reproche.

— Parce que, ma chère Martha, jamais Mr. Allen, tatillon comme il est, ne m'aurait laissée voyager seule. Il m'aurait accompagnée ; et tu sais à quel point il est ennuyeux.

Oletha posa sa main sur celle de la vieille domestique.

— J'adore voyager avec toi, Martha. Mais imagine : six heures dans le train avec Mr. Allen, trois heures à l'aller, trois heures au retour ; je deviendrais folle !

Elle vit que Martha paraissait satisfaite et continua :

— Et puis je dois t'avouer autre chose. J'ai toute une liste d'accessoires que je n'aurai pas le temps d'acheter. Alors si tu pouvais le faire pour moi, quand tu seras à Londres... Il me les faudrait pour aller chez le duc.

Dans le Worcestershire, personne n'ignorait plus qu'Oletha et son père avaient été invités chez le duc. En outre les domestiques savent toujours tout.

— Papa m'a promis de me rapporter de nouvelles robes, poursuivit Oletha. Mais il oubliera encore les accessoires. Les hommes n'y pensent jamais.

— C'est vrai, concéda Martha. Mais il serait préférable que vous choisissiez ce genre de choses vous-même.

— Tu connais mes goûts, objecta Oletha. Et puis je veux aller à cette fête chez Elizabeth. Je suis sûre que je vais bien m'amuser.

La jeune fille sentait que Martha fléchissait.

— Et maintenant, Martha, aide-moi à établir la liste de tout ce dont j'aurai besoin. Il faut que je sois aussi éblouissante que le veut papa.

Martha, dotée d'un sens aigu de l'organisation, énonça la liste des accessoires, tandis qu'Oletha les notait. La jeune fille remplit plusieurs pages arrachées au dos de son journal.

« Parfait, se dit-elle. Martha sera trop occupée à

courir les magasins pour trouver le temps de passer à notre maison de Londres. »

Néanmoins, elle jugea plus prudent d'ajouter :

— Il serait préférable que tu n'ailles pas à Park Lane. Si papa apprend que je suis partie sans toi, il se mettra en colère.

— Si vous pensez que votre père n'approuverait pas, Miss Oletha, alors vous n'avez pas le droit de partir. Je n'arrive pas à comprendre pourquoi Madame la comtesse vous a invitée d'une manière aussi mesquine.

— Elle s'est confondue en excuses, répliqua Oletha. D'ailleurs, je suis sûre que tu n'aimerais pas partager une chambre avec une autre domestique.

En effet, cela s'était déjà produit et Martha s'en était plainte. La vieille dame resta silencieuse quelques instants, puis déclara :

— Bon, je suppose qu'il ne vous arrivera rien de fâcheux. Et puis vous aurez besoin de tous ces accessoires.

— Alors achète-les pour moi, s'il te plaît, dit Oletha. Et si tu vois d'autres choses, n'hésite pas.

Martha rangea la liste dans son grand sac de cuir noir et la jeune fille retourna s'asseoir à sa place avec un sentiment de triomphe.

« Bien manœuvré », se félicita-t-elle.

A Paddington, elle réussit à fourrer Martha dans le premier taxi libre, et à la faire partir la première.

— Je dois rester pour vous voir monter dans la calèche de Madame la comtesse, protesta Martha.

Mais la vieille dame était toujours un peu désorientée dans les gares, et la jeune fille profita de son trouble.

— Je vois les Grayson qui m'attendent un peu plus

loin, affirma-t-elle. Alors vas-y maintenant, Martha. Sinon, tu risques d'attendre un nouveau taxi pendant des heures.

— Mais, Miss Oletha... protesta la vieille femme.

— Tout va bien. Je vais retrouver Miss Elizabeth de ce pas.

Puis elle s'éloigna, suivie d'un porteur. Elle attendit que le taxi fût hors de vue pour dire au porteur :

— Je dois prendre le train pour Beaconsfield. Je crois qu'il y en a un dans une demi-heure.

— C'est exact, Mademoiselle, à midi vingt-trois.

— Très bien. Voudriez-vous m'accompagner sur le quai ?

Le porteur lui trouva une place dans la voiture de première classe. Après quoi, Oletha lui remit un pourboire si énorme qu'il n'en crut pas ses yeux.

Savourant son triomphe, la jeune fille s'installa confortablement à sa place.

Pour la première fois de sa vie, elle voyageait dans une voiture non réservée et le secrétaire de son père n'avait pas assisté à son départ. Elle n'avait probablement jamais rien fait d'aussi fou. Ah, mentir avec un tel aplomb à tous ces gens chargés de veiller sur elle !

« Je me suis enfuie, et, pour le moment, personne ne sait où je suis, se dit-elle, tout excitée. Si je n'avais pas du sang américain dans les veines, jamais je n'aurais pu faire une chose pareille. »

Sans aucun doute, ses amis et son père seraient horrifiés à l'idée de ce qu'elle allait entreprendre. Mais dans les situations extrêmes, des mesures désespérées s'imposent.

« Je pourrai me faire une opinion sur ce duc sans qu'il sache qui je suis », songea-t-elle.

Peut-être n'aurait-elle pas l'occasion de lui parler, mais elle l'observerait et saurait ce que ses gens pensaient de lui. Et si jamais il lui adressait la parole, le duc n'essaierait pas de faire bonne figure. Pas devant la fille d'un conservateur... Elle découvrirait donc sa vraie personnalité.

En tant que fille de Mr. Baron, quelle position occuperait-elle à Gore ? Bien entendu, elle ne dînerait pas avec le duc, ne prendrait même aucun de ses repas avec lui. Mais s'il la traitait comme son père avait traité Mr. Baron, elle ne mangerait pas à l'office.

Elle aurait certainement un statut à part, un peu comme les secrétaires de son père. Ces messieurs menaient une existence privilégiée, à Londres comme à la campagne. Cela leur permettait de garder les distances nécessaires vis-à-vis du personnel qu'ils dirigeaient.

Oletha se demanda en quels termes elle devrait s'adresser au duc et décida qu'elle l'appellerait « Votre Grâce ». Sans doute devrait-elle lui faire une petite révérence, le jour où elle lui serait présentée.

Puis l'idée lui vint qu'elle ne le verrait peut-être pas. S'il ne s'intéressait pas aux livres, il ne désirerait pas en parler avec elle. Mais dans ce cas, se rassura-t-elle aussitôt, il n'aurait pas fait appel aux services de Mr. Baron.

Et s'il avait fait cela à cause de son besoin d'argent ? Peut-être envisageait-il de vendre certains ouvrages. Cette hypothèse lui parut valable. Restait à savoir si l'argent obtenu lui suffirait à faire face à toutes ses dépenses et si, dans l'affirmative, il se sentirait encore obligé d'épouser une riche héritière.

Il était également fort probable que la bibliothèque fût un bien inaliénable, comme le reste. Dans ce cas, un catalogue des livres donnerait une idée précise de leur valeur, et permettrait de vérifier, dans l'avenir, qu'aucun volume ne manquait.

« Je saurai tout cela en arrivant », se dit-elle.

A présent qu'elle approchait de sa destination, l'inquiétude la gagnait.

— Je sais qui vous êtes ! Vous êtes la fille du colonel Ashurst !

Peut-être le duc lui dirait-il cela, dès son arrivée. Elle ne pouvait imaginer pire humiliation.

« Mais non, se dit-elle, je me laisse emporter par mon imagination. »

En effet, le duc ne l'ayant jamais vue, comment pourrait-il la reconnaître ? En outre, d'après ce que lui avait raconté son père, il ne s'était pas montré très curieux à son sujet.

Mais Oletha l'imaginait mal demandant à son père :

— Votre fille est-elle jolie ?

« Peut-être pense-t-il que je suis laide », se dit-elle.

Cela lui rappela les propos de son amie, qui trouvait injuste qu'elle fût à la fois la plus riche et la plus belle. Dans ces conditions, le duc devrait s'estimer heureux si jamais elle acceptait de l'épouser.

Mais les hommes ont parfois des goûts difficiles, se rappela-t-elle aussi. Son père, par exemple, avait toujours dit détester les grandes femmes.

— Les Brunehilde me terrorisent, avait-il déclaré un jour. J'aime qu'une femme soit petite, délicate et gracieuse, comme toi, ou comme ta mère !

— Alors tu as des goûts désuets, avait protesté la mère d'Oletha. Tu sais aussi bien que moi que les grandes femmes sont à la mode.

— Pas sous mon toit! s'était exclamé le colonel avec fougue.

Et son épouse avait ri.

Le colonel avait toujours taquiné Oletha et sa mère à propos de la petitesse de leurs pieds.

— Ils sont adorables, mais ils paraissent trop fragiles pour vous porter, disait-il.

— Nous nous débrouillons, avait répondu Mrs. Ashurst. Je n'aimerais pas avoir de grands pieds, comme les Anglaises en général. On dirait qu'elles passent leur temps à parcourir les champs et les collines.

— Et toi, il semble que tu ne fasses rien d'autre que danser sur des pétales de roses! avait plaisanté le colonel.

Elles avaient ri de cette envolée lyrique. Mais à présent, Oletha regardait pointer ses jolies petites chaussures noires sous sa longue robe de voyage, et se disait que ses pieds pourraient bien la trahir. Elle était certaine que la fille de Mr. Baron devrait chausser du 40, quand elle-même ne chaussait que du 35...

Quand elle entendit l'employé du train annoncer le nom de la gare, elle ne réagit tout d'abord pas.

Par habitude, elle attendait que Martha rassemble les affaires dans le compartiment, et trouvait tout naturel qu'un valet de pied se précipite pour récupérer leurs bagages.

« Je suis seule, se rappela-t-elle subitement. Je ne peux compter que sur moi-même! »

Aussitôt le train arrêté, elle en descendit. Normalement, la fille de Mr. Baron aurait voyagé en deuxième classe. Mais lorsqu'elle avait acheté son billet, chose qu'elle faisait pour la première fois, le guichetier lui avait demandé, après l'avoir bien regardée :

— Première classe, Madame ?

Et elle avait dit oui sans réfléchir.

Maintenant, elle se dirigeait vers le compartiment à bagages, tout en regardant les voyageurs descendre de voiture.

Un valet de pied se tenait près de la sortie. Il portait un chapeau à cocarde et une très belle livrée avec des armoiries.

Oletha se dirigea vers lui.

— Seriez-vous là pour accueillir Mr. Baron ? s'enquit-elle.

— Oui, Madame, répondit respectueusement le valet.

— Je suis venue à la place de Mr. Baron, expliqua-t-elle. Il a été retenu à Londres. Je suis sa fille.

Le laquais parut surpris, mais se ressaisit très vite :

— La voiture vous attend dehors, Madame. Si vous avez des bagages dans le fourgon, je dirai à un porteur d'aller les chercher.

— Il y a trois malles et un carton à chapeau, répondit Oletha.

Elle savait bien qu'une fille de conservateur n'aurait jamais voyagé avec autant de bagages, mais il avait déjà été très difficile de convaincre Martha de ne pas en emporter davantage.

De toute façon, cela ne regardait pas les domestiques. Et il était peu probable qu'ils aillent raconter au duc qu'elle possédait autant d'effets.

Le valet la précéda jusqu'à un très bel attelage à deux chevaux. Oletha s'y installa, et attendit quelques minutes que le porteur arrivât avec ses bagages. Après quoi le laquais grimpa sur le siège extérieur et fit partir les chevaux.

Oletha poussa un léger soupir de soulagement.

« Jusqu'ici tout va bien ! » se dit-elle.

Quoi qu'on pût en dire, la jeune fille s'était très bien débrouillée pour arriver à destination. Seule une personne aussi protégée et choyée qu'Oletha pourrait comprendre qu'il s'agissait d'une vraie victoire.

« C'est un peu comme atteindre le pôle Nord, songea-t-elle en souriant, ou encore grimper au sommet de l'Everest. »

Pourtant, les vraies difficultés commenceraient seulement maintenant.

« Le pire serait qu'on découvre la supercherie, se dit-elle. Alors le duc me renverra chez moi, et je serai la dernière femme qu'il songera à épouser. Ce serait plutôt un soulagement... »

Son père n'avait-il pas tort de prétendre qu'un honnête homme ne voudrait jamais d'elle ? Une bien sombre perspective...

« Je ne suis pas sûre de vouloir me marier, se dit-elle encore. Mais je suis sûre... de vouloir être aimée. »

3

Le duc de Gorleston achevait de signer son courrier, quand son secrétaire entra dans le bureau.

— Votre Grâce, je dois vous parler d'une lettre que vous avez reçue et qui me paraît préoccupante.

Le duc haussa les sourcils.

Tant de soucis l'avaient accablé ces derniers temps... Existait-il encore quelque chose susceptible d'augmenter son inquiétude ?

— C'est presque la copie conforme d'une lettre arrivée la semaine dernière, poursuivit Mr. Hansard. J'avais renoncé à vous la montrer, pour ne pas vous ennuyer.

— De quoi s'agit-il ?

— De la bibliothèque, Votre Grâce. Cette lettre provient d'un Américain, collectionneur de livres anciens. Il est étrange que cette missive nous parvienne juste au moment où vous décidez d'engager un conservateur.

— Et que dit cet Américain ?

— Il prétend avoir entendu dire, tout en admettant qu'il s'agit d'une rumeur, qu'il pourrait y avoir un in-folio de Shakespeare dans la collection Gorleston.

Et si vous n'avez pas l'intention de vous en séparer, il serait très honoré d'être le premier à essuyer un refus de votre part.

— Un in-folio de Shakespeare! s'exclama le duc. Pensez-vous que ce soit possible?

— Personnellement, j'en doute, Votre Grâce. Mais le contenu de la bibliothèque n'a jamais été inventorié... Toutes les hypothèses sont permises.

— Si nous étions en possession d'un tel ouvrage, j'en aurais forcément trouvé mention dans les papiers de mon père ou de mon grand-père.

— Je suis tout à fait de votre avis, Votre Grâce. Et je regrette que cette rumeur soit parvenue jusqu'en Amérique.

— Est-ce à dire qu'on en a d'abord parlé ici, en Angleterre?

— Oui. Depuis environ un mois.

Le duc fronça les sourcils.

— Et quelle est cette autre lettre à laquelle vous faisiez référence?

— Elle venait de l'une des plus grandes librairies de Londres, spécialisée dans les livres anciens. Le propriétaire, lui aussi, a entendu dire que vous possédiez des livres de grande valeur. Il aimerait en être l'acquéreur en priorité, si toutefois ceux-ci sont à vendre.

— Je suis de votre avis: il est vraiment étrange de recevoir deux lettres si semblables à quelques jours d'écart. Pensez-vous qu'il s'agisse d'une indiscrétion de la part de quelqu'un connaissant la bibliothèque ou d'une simple coïncidence?

— Je n'en sais rien, Votre Grâce. Mais je suis soulagé d'avoir reçu un télégramme nous annonçant l'arrivée de Mr. Baron aujourd'hui. Il nous est envoyé par le British Museum.

— Croyez-vous que nous avons à craindre un cambriolage ?

— C'est peu probable. Mais je vais tout de même m'assurer que les gardiens de nuit surveillent autant la bibliothèque que le reste de la maison. Néanmoins, je suis un peu inquiet.

— Inquiet ?

Mr. Hansard avait visiblement autre chose à lui dire, mais il n'osait pas. Puis, comme s'il jugeait qu'il était de son devoir de parler, le vieux monsieur se lança :

— Eh bien voilà, le capitaine Harry m'a demandé la clé de la bibliothèque, aujourd'hui. Je pense, Votre Grâce, que jusqu'à l'arrivée de Mr. Baron, et compte tenu de ces lettres, il serait préférable de laisser la bibliothèque fermée à clé. A moins, bien entendu, que vous-même désiriez vous y rendre.

— Le capitaine a souhaité aller dans la bibliothèque ?

— Oui, Votre Grâce.

Mr. Hansard rassembla rapidement les papiers et les lettres que le duc avait signés, avant de sortir d'un pas pressé.

Le duc ne le retint pas. Une fois seul, il réfléchit à la situation.

Mr. Hansard, qui avait été au service de son père pendant vingt-cinq ans, n'aurait pas mentionné la requête d'Harry si celle-ci ne l'avait réellement inquiété.

D'ailleurs, l'attitude d'Harry ne surprenait pas le duc.

Depuis son retour des Indes, Harry Goring, son cousin et héritier présomptif, l'avait harcelé à plusieurs reprises pour obtenir de lui une forte somme d'argent. Or Sandor n'avait vraiment pas les moyens de se permettre une telle largesse.

Au début, Harry avait formulé sa requête sur un ton désinvolte.

— Je suis sûr que vous comprendrez, mon cher, qu'étant donné la santé défaillante de votre père j'aie préféré ne pas l'importuner avec ce problème avant sa mort.

Comme il n'avait obtenu aucune réponse, Harry s'était fait plus insistant. Et le duc avait compris que durant ses sept années d'absence son cousin n'avait pas changé.

Harry Goring était un parasite, un de ces hommes qui n'ont jamais travaillé de leur vie et ne pensent qu'à prendre du bon temps.

Son père l'avait envoyé dans un régiment du comté, et Harry avait atteint le grade de capitaine. Il n'avait combattu que très peu de temps mais, en dépit de cela, et contrairement aux usages en vigueur, il avait continué à utiliser son titre après avoir quitté l'armée.

Ce genre d'attitude l'avait rendu très impopulaire, excepté auprès de certaines femmes qui le trouvaient beau garçon, amusant, et appréciaient ses éloges grandiloquents.

Le duc, dès qu'il prit connaissance de la situation financière de Gore, expliqua à son cousin qu'il ne disposait pas de fonds pour lui venir en aide.

— Nom d'une pipe! s'était exclamé Harry, vous êtes maintenant le chef de famille et vous devez vous occuper de nous.

— Je sais parfaitement quelles sont mes responsabilités, avait froidement répondu le duc. Mais on ne peut faire couler l'eau d'une source tarie. Alors permettez-moi de vous rappeler, Harry, que vous êtes jeune et en bonne santé, et que nous avons de nombreux parents âgés qui ont davantage besoin de soutien que vous.

— Mais je suis votre héritier présomptif, s'était récrié Harry.

Le duc lui avait adressé un soupir ironique.

— Je ne suis pas encore sénile, cher cousin. J'ai toutes les chances de me marier et d'avoir un fils. Aussi, à votre place, je ne miserais pas trop sur l'éventualité de me succéder.

A l'expression déroutée d'Harry, le duc comprit que celui-ci avait déjà envisagé cette hypothèse. Aussi lui dit-il durement :

— Je suis sincère avec vous, Harry, quand j'affirme n'avoir pas les moyens de payer vos dettes, ni de me porter caution pour vous dans un avenir immédiat. Les serviteurs que j'ai dû mettre à la retraite ont la priorité. Les membres de la famille devront attendre longtemps avant que je sois en mesure de les aider.

— Vous devriez pouvoir vendre quelque chose.

Le duc eut un petit rire, mais il ne trouvait pas cela drôle.

— J'ai déjà envisagé la question, mais tous mes biens sont inaliénables.

A ce moment-là, il pensait que c'était vrai. Ce ne fut qu'un mois plus tard, en parcourant les polices d'assurance, que le duc découvrit que le contenu de la bibliothèque était estimé à 1 000 livres.

— C'est vraiment très peu, n'est-ce pas ? avait-il demandé à Mr. Hansard.

— En effet, Votre Grâce, mais votre père n'a jamais

voulu régler ce problème. La bibliothèque n'ayant jamais été cataloguée, nous ignorons si elle contient un seul livre de valeur.

— Nous n'avons pas de catalogue ! s'était exclamé le duc. C'est incroyable !

— S'il y en a jamais eu un, il a été perdu. Pourtant, la bibliothèque contient certainement quelques premières éditions de valeur. Mais je ne suis pas un expert en la matière. Quant à votre père, il s'intéressait essentiellement aux biographies de ses contemporains et aux ouvrages sur le sport.

— Je me souviens, en effet, combien il aimait ce genre de livres, avait remarqué le duc.

Puis il avait repris sur un ton plus sérieux :

— D'après ce que vous me dites, nos livres ne sont donc pas des biens inaliénables.

— Effectivement, Votre Grâce.

Le duc avait pris le temps de réfléchir avant de déclarer :

— Pour commencer, il faut faire établir un catalogue de tous nos ouvrages, et donc trouver un conservateur parfaitement intègre.

— Je vais écrire au British Museum, Votre Grâce. Je suis certain qu'ils se feront un honneur de nous envoyer quelqu'un de compétent.

Le duc approuva cette idée.

Plus il y songeait, plus il trouvait singulier qu'une bibliothèque aussi célèbre n'ait jamais été cataloguée.

Elle devait sa renommée à Robert Adam, l'architecte qui en avait conçu les aménagements intérieurs, à l'époque de la rénovation de la maison.

Par la suite, cette bibliothèque servit de modèle dans plusieurs grandes demeures. De plus, on pouvait la voir dans presque tous les ouvrages traitant des chefs-d'œuvre d'architecture en Grande-Bretagne.

Pourtant, on s'était rarement intéressé à son contenu.

« Et si la solution de mes problèmes se trouvait là ? » se dit le duc.

Il pourrait tenter de vendre certains livres anciens... Mais cette solution ne le satisfaisait pas : il se sentait garant d'un patrimoine exceptionnel pour ses descendants.

Par ailleurs, sa situation actuelle ne pouvait plus durer.

Alors que faire ?

Le duc n'avait jamais pensé hériter un jour. Il n'avait donc pas cherché à connaître le montant des dépenses qu'entraînait l'écurie de courses de son père. Sans parler des propriétés qui, avec Gore, constituaient un véritable « Etat dans l'Etat ».

Gore, en particulier, aspirait l'argent comme un gouffre. Avec les laiteries, la blanchisserie, les ateliers des charpentiers et des tailleurs de pierre, la main-d'œuvre était considérable. Sans compter les gardes-chasse, les gardes forestiers, les jardiniers et bien entendu, une importante domesticité.

« Une véritable armée privée ! » s'était dit Sandor.

De plus, il avait très vite compris que la plupart de ses serviteurs se considéraient comme faisant partie de la famille. Si jamais il les licenciait, non seulement ils se sentiraient perdus et trahis, mais auraient peu de chances de retrouver un emploi similaire ailleurs.

« Que faire ? » se répétait Sandor.

Soir après soir, il s'enfermait dans son bureau et

additionnait les sommes énormes qu'il lui faudrait réunir, non seulement pour honorer ses dettes, mais pour faire face à l'entretien courant de tous ses biens.

Le duc avait appris à ne pas agir sans réfléchir. A son retour des Indes, il avait donc laissé les choses suivre leur cours, observant soigneusement le fonctionnement du domaine dont il avait désormais la charge.

D'une intelligence hors du commun, il savait pourtant se tenir à l'écart, rester discret et ne pas faire valoir ses droits. Cette maîtrise de soi, que ses domestiques appelaient « se garder pour lui-même », ne l'avait pas quitté lorsqu'il avait rejoint l'armée et lui avait énormément servi. Elle lui avait attiré le respect et la considération de ses aînés. Quant à ses pairs, voyant qu'il ne prenait pas de « grands airs », ils l'appréciaient sincèrement pour ce qu'il était.

Sandor devint le plus jeune chef d'escadron de l'armée britannique en Inde, puis le plus jeune colonel en activité durant l'année qui précéda la mort de son père. Et il ne reçut jamais que des félicitations sans réserve de la part de ses camarades.

— Un sacré soldat ! disaient les vétérans.

Ses officiers l'admiraient, lui faisaient confiance, et se réjouissaient de ses succès.

— On peut se fier à Goring, disaient-ils. Jamais il ne nous laisserait tomber.

— Moi, j'aimerais mieux me trouver dans le pétrin avec lui qu'avec n'importe qui d'autre, remarqua un soldat.

Il s'était distingué au combat par sa bravoure et son sens tactique. Ce qui lui avait valu d'être cité en exemple par deux fois, la même année.

Mais alors que sa nomination au grade de colonel

allait être publiée au Journal officiel, il apprit la mort de son père et dut rentrer en Angleterre.

Douze mois plus tôt, après le décès de son frère, Sandor avait compris qu'il était désormais le futur héritier de Gore. Mais cela ne l'avait pas vraiment préoccupé : il était persuadé que son père vivrait encore longtemps.

A présent, il avait à nouveau un rude combat à livrer. Non pas contre une armée d'indigènes, mais contre un ennemi beaucoup plus fuyant : l'argent.

Le duc eut une entrevue avec les avocats de son père, et s'en remit à Mr. Hansard pour les détails que lui seul avait l'habitude de régler.

Il ne leur dévoila pourtant rien de ses intentions. Le seul à qui il fit part de ses problèmes fut le colonel Ashurst, ami de son père et reconnu comme le plus grand expert en chevaux de course de la région.

La suggestion du colonel – épouser une jeune fille riche – avait vivement choqué le duc.

Les femmes avaient évidemment joué un rôle dans la vie de Sandor, mais un très petit rôle. Elles semblaient inévitablement attirées par lui. Lors de ses permissions, il avait apprécié ces moments de détente passés avec elles. Il y avait pris plaisir, comme on peut aimer respirer le parfum des fleurs et jouir de leur beauté. Des fleurs que l'on oublie aussitôt fanées. Car le souvenir de ces femmes s'évaporait rapidement après que le duc avait regagné son régiment.

Et lorsqu'elles lui envoyaient des missives enflammées, il avait souvent bien du mal à se rappeler ces moments que ces dames évoquaient avec passion.

Il lui était difficile de se montrer compréhensif avec ses jeunes subalternes qui rentraient de permission la tête ailleurs, l'œil absent, peu enthousiastes à l'idée de reprendre le combat.

Oui, le duc, tout comme Napoléon, reléguait les femmes dans de petites cases obscures de sa mémoire, pour les oublier tout à fait, une fois replongé dans les dangers indissociables de la vie de soldat.

Cependant, Sandor s'était toujours promis de se marier et de fonder une famille dès qu'il en aurait le loisir.

Il était très fier de ses ancêtres, de ces Goring, qui avaient changé le cours de l'histoire. De tout temps, ils avaient servi leur pays, le plus souvent en qualité d'hommes d'Etat, de soldats ou de marins.

On les retrouvait à la cour de tous les monarques, dans chaque grande bataille, dans chaque victoire en mer.

Sandor se devait d'avoir un fils, qui serait le descendant de cette prestigieuse lignée, et le sixième duc de Gorleston.

Leur titre de duc était relativement récent, mais celui de baron remontait au premier Goring, récompensé de son courage devant les Espagnols par la reine Elizabeth.

Oui, le duc devait assurer une descendance à cette noble lignée. Mais l'idée d'avoir un jour une famille à lui était toute différente de celle d'épouser une femme pour son argent.

Néanmoins, le colonel avait évoqué des valeurs que les ancêtres de Sandor avaient toujours considérées comme essentielles : la transmission du nom et des richesses de la famille.

L'un des Goring avait épousé une riche héritière du nord de l'Angleterre, qui possédait des biens importants à Liverpool. Elle n'avait pas de sang bleu : son portrait était celui d'une femme au visage ordinaire, avec un nez plébéien et de petits yeux.

Un siècle plus tard, une autre héritière entrait dans la famille. Elle venait de l'ouest du pays et son père avait fait fortune dans le commerce des esclaves. Elle fut ravie de devenir duchesse, sans aucun doute. Il n'y avait pas moins de quatre portraits d'elle sur les murs de Gore : un joli visage, un air vaniteux, une intelligence apparemment très moyenne.

Il y en eut d'autres. Des femmes de tous horizons, qui remplirent d'or les coffres de la famille, permirent aux propriétés de s'agrandir et donnèrent naissance à des fils qui portèrent le nom des Goring.

Mais bravoure et intelligence furent des qualités que ces enfants héritèrent de leurs pères.

Le duc, parcourant les pièces de son immense demeure, regardant les portraits de ses ancêtres, avait eu l'impression que ceux-ci lui disaient :

— Ton devoir est de suivre notre exemple. Tu dois ignorer tes propres sentiments et penser à Gore.

Cependant, la perspective d'épouser une femme pour son argent le dégoûtait.

Sandor avait toujours cru que son père et sa mère s'étaient mariés par amour. Mais à présent qu'il y réfléchissait, il se dit que leur mariage avait peut-être été arrangé. En effet, bien que n'étant pas une héritière, sa mère avait été la fille du duc de Hull, l'épouse idéale en somme pour un duc de Gorleston.

« Le sang bleu avec le sang bleu », telle était la devise de son père. Qu'il s'agisse d'une femme ou d'une jument, les alliances devaient toujours se faire avec le meilleur sang.

Inconsciemment, Sandor avait dû être influencé par ces propos depuis son plus jeune âge. Et lorsqu'il imaginait sa future femme, il lui prêtait les traits charmants et la sensibilité de sa mère.

La quatrième duchesse de Gore, une véritable beauté, avait également des qualités humaines. Chaleureuse et compréhensive, elle gagnait le cœur de tous ceux qui l'approchaient. Mais elle avait beau faire preuve de douceur et de compassion, jamais elle ne laissait quiconque profiter de sa gentillesse naturelle. Jamais elle ne perdait sa dignité.

A sa mort, tout le monde la pleura dans le comté.

— C'était une grande dame ! dit-on dans la région.

« Voilà ce que l'on dira de ma femme ! » s'était promis Sandor.

A présent, il se demandait si une jeune fille d'origine américaine pourrait jamais posséder les vertus de feu la duchesse. Il en savait suffisamment sur les Ashurst, pour ne pas douter que le colonel fût un vrai gentleman. Mais que savait-il de son épouse, sinon qu'elle avait été immensément riche et américaine de naissance ?

« Jamais je n'épouserai une femme qui ne sache faire honneur à mon rang », décida le duc avant de quitter la galerie de portraits.

Puis il se demanda s'il y avait une solution de rechange à ce mariage avec Miss Ashurst. Elle n'était certainement pas la seule héritière en Angleterre, et il savait pertinemment que tous les membres de la haute société rêvaient de posséder un titre de noblesse. Sans nul doute, Londres l'accueillerait à bras ouverts.

Hélas, le temps pressait. Il lui fallait prendre une décision rapidement, car la situation se dégradait.

Sa première impulsion, ainsi qu'il l'avait confié au colonel Ashurst, avait été de vendre l'écurie de courses de son père. Le vieux duc n'avait obtenu que des succès modérés avec ses chevaux, mais les dépenses qu'il avait engagées représentaient des sommes astronomiques. Cette année encore, les chevaux courraient à Goodwood et à Doncaster, mais Sandor ne pourrait pas faire face la saison prochaine.

Et il en était de même pour la partie de chasse qui devait avoir lieu la semaine suivante. Les invitations avaient déjà été lancées, et les hôtes seraient plus ou moins les mêmes que les années précédentes. Le duc n'attendait plus que la réponse du prince de Galles.

— Son Altesse Royale n'a jamais manqué l'ouverture de la chasse à Gore, avait dit Mr. Hansard. Mais son intendant n'a pu m'affirmer que le prince serait présent cette année. En effet, il ignorait si d'autres arrangements avaient été pris, après la mort de votre père.

— En d'autres termes, le prince pensait que je renoncerais peut-être à cette partie de chasse traditionnelle, mais il ne manquerait pas une seule occasion de tirer le faisan? demanda le duc, avec une pointe de sarcasme.

— Naturellement, dans toutes les grandes chasses du royaume, on n'est que trop désireux que Son Altesse Royale soit satisfaite, avait répondu Mr. Hansard après un instant d'hésitation.

— Bien entendu, avait dit le duc. Alors nous essaierons de ne pas le décevoir.

— Très honnêtement, Votre Grâce, je suis sûr que Son Altesse Royale se réjouit à l'idée de venir à Gore, et que son intendant ne fait que me tenir sur des charbons ardents, si je puis m'exprimer ainsi.

Le duc avait ri.

— C'est plutôt moi qui me trouve dans cette situation-là !

Et, avant que Mr. Hansard ait pu répondre, il avait ajouté :

— J'espère qu'il viendra, car cela pourrait être la dernière fois.

Son secrétaire avait sursauté.

— Envisagez-vous, Votre Grâce, de ne pas donner de partie de chasse l'année prochaine ?

— Je n'ai pas dit cela, rectifia le duc. J'adore chasser, vous le savez bien. Mais il est peu probable que, dans l'avenir, nous puissions lâcher autant de faisans et recevoir avec le même faste que cette année.

Mr. Hansard avait poussé un soupir.

— Tous les grands chasseurs du royaume rêvent d'être invités à Gore pour tirer le faisan.

— Je sais cela, avait remarqué le duc un peu sèchement. Mais je doute qu'un seul d'entre eux ait la moindre idée des frais que cela entraîne,

A quoi d'autre lui faudrait-il renoncer ? s'était alors demandé le duc.

Il avait aussitôt songé à ses gens. Leur donner congé serait comme renvoyer les hommes de son régiment, qui l'avaient suivi dans tous les périls et en étaient fiers.

Puis, regardant le portrait de l'un des Goring, homme de cour sous Charles II, la célèbre phrase d'Henri de Navarre — « Paris vaut bien une messe » — lui était revenue en mémoire.

Alors le duc s'était dit, pour paraphraser ce noble français, que Gore valait bien un mariage, et que ses propres sentiments en la matière n'avaient que peu de poids.

« Ceci est mon royaume », avait-il pensé tout en se dirigeant vers la haute fenêtre donnant sur le parc.

Immobile, il avait contemplé le lac, les arbres

majestueux, autant de merveilles inchangées depuis des siècles.

— Mon royaume, avait-il murmuré. Je le protégerai, le défendrai, même si je dois pour cela sacrifier ma vie.

C'était alors qu'il avait décidé d'écrire au colonel Ashurst, les invitant à cette partie de chasse, lui et sa fille.

Puis, une dernière fois, il s'était demandé s'il n'y avait pas une autre solution que ce mariage. Il avait bien fait faire des recherches pour savoir si les sols de sa propriété ne recèleraient pas quelques gisements monnayables. De nombreux propriétaires, en effet, avaient découvert des gisements houillers sous leurs vertes prairies.

Mais à Gore, dans le Buckinghamshire où les sols étaient calcaires, il n'y avait pratiquement que des terres arables. Aucun espoir d'y découvrir quoi que ce fût d'autre...

Ce triste constat ramena le duc à la réalité, puis à sa préoccupation du moment : la bibliothèque.

Pourquoi Harry en avait-il demandé la clé ? C'était plus que suspect. En effet, hormis quelques biographies à la mode, son cousin ne lisait jamais. Aurait-il eu vent de la rumeur qui avait commencé à agiter le monde des libraires et des collectionneurs ?

Après lui avoir refusé de l'argent à deux reprises, le duc avait espéré voir son cousin rentrer chez lui. Mais celui-ci s'était installé à Gore, et Sandor n'avait pu se résoudre à lui signifier que sa présence n'était plus souhaitée.

En effet, il semblait difficile de se montrer désagréable ou mesquin envers l'homme qui serait son successeur, si jamais il venait à disparaître ou à ne pas concevoir d'héritier.

Plusieurs autres membres de la famille s'étaient installés à Gore sans y être invités. Nourrissaient-ils une affection particulière à l'égard de Sandor ? Non. Ils voulaient plutôt voir à quoi il ressemblait après toutes ces années passées à l'étranger.

Le jeune duc s'était occupé d'eux. Et lorsque Harry était arrivé à Gore, deux de ses vieilles tantes et un cousin âgé perclus d'arthrite y résidaient déjà. Aussi la présence de son cousin lui était-elle, en un sens, apparue comme un soulagement.

Harry, amuseur-né, avait régalé ses parents de savoureuses plaisanteries, et s'était montré si convaincant dans ses éloges, que ceux-ci avaient été conquis.

Lorsque ceux-ci furent partis, Harry avait dit au duc :

— Mon Dieu, Sandor, qu'ils étaient affreux ! Je vous préviens, si vous les laissez faire, ils risquent de prendre racine à Gore et vous aurez un mal fou à les déloger !

Un avertissement qui s'appliquait à Harry lui-même, songea le duc avec cynisme. Puis il se demanda pourquoi Harry était resté, malgré tout cet entourage ennuyeux...

Pour obtenir un prêt qu'il ne rembourserait jamais ? Le duc soupçonnait à présent qu'il y avait une autre raison.

« Je vais jeter un coup d'œil moi-même à la bibliothèque », décida-t-il.

Il savait pourtant qu'il aurait des difficultés à estimer la valeur d'un livre. Il existait de nombreuses fausses éditions originales. Seul un expert pouvait s'y retrouver. Le duc espérait que le conservateur ne lui donnerait pas d'espoirs injustifiés.

Il lui restait si peu de temps ! A l'arrivée de ses invités — dont le colonel et sa fille — la semaine suivante, il lui serait malaisé de revenir sur sa parole. L'invitation seule était déjà un engagement moral.

« Mais si elle est hideuse, je ne la demanderai pas en mariage », se promit-il tout en se dirigeant vers la bibliothèque.

C'est alors qu'il croisa Mr. Hansard qui le cherchait visiblement.

— Je viens d'apprendre que Mr. Baron, que nous attendions aujourd'hui, est retenu par un empêchement imprévu.

Le duc fronça les sourcils.

— Pour combien de temps ?

— Sa fille m'a dit qu'il devrait arriver d'ici trois ou quatre jours.

— Sa fille ?

— Oui, Votre Grâce. J'allais justement vous informer qu'il nous a envoyé sa fille pour le remplacer pendant ces quelques jours. Elle m'a dit qu'elle assistait toujours son père dans son travail, et qu'elle était très expérimentée.

— Voilà une occupation plutôt inhabituelle pour une femme, remarqua le duc. Mais elle peut au moins commencer à mettre de l'ordre dans les livres, ce qui prendra un certain temps, j'imagine.

— Oh ! sûrement, Votre Grâce. En réalité, Miss Baron a été étonnée que la bibliothèque fût si grande et qu'elle contînt autant de livres.

— Cela n'est pas très original... Donnez-lui toutes facilités pour accomplir sa tâche.

— J'ai déjà fait tout ce que je pouvais en ce sens, Votre Grâce. Mais il est fâcheux que son père ne puisse arriver aujourd'hui, ainsi que nous le pensions.

— Je suis de votre avis. Je vais de ce pas voir Miss Baron, et lui demander de commencer son travail immédiatement.

Sans attendre de réponse, il reprit son chemin en direction de la bibliothèque.

Il ouvrit la porte. Tout d'abord, la grande salle tapissée de livres du sol au plafond lui parut déserte.

Puis il crut percevoir un léger mouvement près d'une fenêtre, à gauche, et se dirigea dans cette direction.

Les fenêtres donnaient sur les vertes pelouses du parc descendant en pente douce vers le lac. A cet endroit, un petit pont chinois finement sculpté, rapporté de Pékin par l'un des Goring, le traversait. Cette fine passerelle de bois sombre, dont les contours se découpaient sur la perspective du lac, apportait une note exotique qui avait toujours charmé le duc.

Une femme admirait la vue. Une femme dont il ne voyait pas le visage, mais dont il remarquait déjà l'extrême minceur. Elle avait la taille si fine qu'un homme aurait pu l'enserrer totalement de ses deux mains.

Elle était tête nue, et ses cheveux d'un blond doré captaient les derniers rayons du soleil. Il avait fait gris toute la journée, mais à présent le ciel se parait à l'ouest d'un très bel éclat illuminant l'horizon et rendant plus intense l'ombre des grands chênes dans le parc.

Le duc s'était approché de la jeune femme sans qu'elle entende ses pas, étouffés par l'épais tapis persan, ni même sente sa présence. Il se tenait pourtant juste derrière elle.

Elle se retourna et le duc plongea son regard dans

deux grands yeux violets et vaguement craintifs. Il s'était si peu attendu à ce qu'une jeune femme de cette condition eût une telle apparence, qu'il la dévisagea longuement sans dire un seul mot. Elle-même le regardait, incapable de prononcer une parole, et ses joues commencèrent à se colorer.

Alors le duc retrouva le sens des convenances.

— Vous devez être Miss Baron.

— Oui, Votre Grâce, répondit Oletha tout en s'efforçant de réussir sa révérence.

Le duc lui tendit la main.

— Permettez-moi de vous souhaiter la bienvenue à Gore. Je suis désolé que votre père ait eu un empêchement.

— Il est... vraiment désolé lui aussi et m'a demandé de commencer à travailler. Je dois avouer que je ne m'attendais pas à une bibliothèque aussi splendide.

Le duc sourit.

— J'espère que votre père ne se laissera pas impressionner par la tâche, et que vous-même vous mettrez rapidement au travail.

— Oui, bien sûr, Votre Grâce, acquiesça Oletha. Mais il semble incroyable que l'on n'ait jamais établi de catalogue.

Le duc eut presque l'impression qu'elle le lui reprochait et éprouva le besoin de se justifier :

— Je viens à peine d'hériter de Gore, je suppose que vous le savez. Et l'un de mes premiers soucis a été de chercher une personne qualifiée pour inventorier le contenu de ma bibliothèque et établir un catalogue.

— Cela va être passionnant ! s'exclama Oletha. Je me demande combien de trésors se cachent parmi tous ces ouvrages.

Elle avait accompagné ces mots d'un geste de la main que le duc trouva très gracieux. Ses doigts étaient longs et fins, comme ceux d'une ballerine, pensa-t-il.

— Quand avez-vous l'intention de commencer? demanda-t-il.

Puis il ajouta:

— Vous êtes vraiment très jeune. Possédez-vous réellement les connaissances requises pour un travail?

— J'espère pouvoir donner entière satisfaction à Votre Grâce et trouver rapidement quelques livres qui l'enchanteront.

— Autrement dit: «C'est à l'œuvre qu'on connaît l'artisan.» Fort bien. Cette réponse me convient. Mais n'oubliez pas que le temps presse.

— Pourquoi donc?

Cette question, si directe, surprit le duc, qui hésita à répondre. Serait-il franc avec elle? se demanda Oletha. Lui avouerait-il qu'il avait l'intention de vendre tous les ouvrages de valeur?

— Nous avons reçu une lettre d'Amérique assez préoccupante, déclara-t-il enfin. Mais peut-être Mr. Hansard vous l'a-t-il déjà dit?

Il savait parfaitement que jamais son secrétaire n'aurait pris une telle liberté, mais il voulait piquer la curiosité de la jeune fille, afin de l'inciter à achever son travail dans les plus brefs délais.

— Non, Mr. Hansard ne m'en a pas parlé, répondit-elle.

— Eh bien, cette lettre nous faisait part d'une rumeur selon laquelle notre bibliothèque contiendrait un in-folio de Shakespeare.

— Si c'était vrai, vous seriez forcément au courant!

— Eh bien, curieusement, non. Mon père ne s'intéressait pas aux livres. Quant à moi, j'étais à l'étranger.

— Je vois. Une merveille de ce genre aurait une grande valeur.

— J'en ai parfaitement conscience.

— Et les Américains payeraient très cher pour l'avoir. Cependant, je pense que l'œuvre de Shakespeare devrait demeurer dans son pays d'origine.

— Je n'ai pas dit que j'avais l'intention de le vendre, précisa le duc d'un ton sec.

Oletha posa son regard sur lui, et Sandor eut l'impression que ces yeux étranges le questionnaient : Dites-vous la vérité ? semblaient-ils demander.

Il détourna la tête. Puis, pris d'une impulsion soudaine, il déclara :

— Très sincèrement, Miss Baron, l'idée de vendre quoi que ce soit me répugne. Mais j'ai besoin d'argent, et la vente d'un in-folio de Shakespeare serait peut-être la solution à mes problèmes.

Il la regarda. Elle était d'une beauté et d'une franchise si exceptionnelles, qu'il serait difficile à n'importe quel homme de s'en tenir avec elle à une discussion strictement professionnelle. Face à elle, la sincérité s'imposait.

— J'imagine que vous vous séparez rarement de votre père, reprit-il. J'aurais dû penser qu'il pouvait être embarrassant pour vous de voyager seule et de vous retrouver dans une maison étrangère sans chaperon.

— Je n'ai voyagé seule que depuis Londres, Votre Grâce, le rassura-t-elle. Et mon père a pensé que je serais parfaitement en sécurité à Gore.

Le duc se dit soudain qu'il serait dangereux pour elle de séjourner seule où que ce soit, sauf peut-être en un lieu où tous les hommes seraient aveugles.

Puis il trouva cette idée ridicule. Miss Baron était certainement capable de se débrouiller toute seule, contrairement à ces jeunes filles de la bonne société qu'il fallait choyer, protéger, et qu'on ne laissait jamais sortir non accompagnées.

— Beaucoup de travail nous attend, déclara-t-il d'un ton péremptoire pour ramener la discussion à l'essentiel. Je suis impatient de savoir si cette rumeur est fondée ou non. A propos, mon secrétaire a également reçu une offre d'achat d'un célèbre libraire de Londres.

— Vous n'avez parlé de tout cela à personne? demanda Oletha.

— Non, à part mes proches, personne n'est au courant.

Et soudain il se souvint des propos de sa vieille tante, au cours d'un dîner.

— J'espère que je dormirai mieux cette nuit que la nuit dernière, avait-elle dit. Le vent m'a tenue éveillée jusqu'au matin.

— Vous devriez lire, lui avait suggéré le vieux cousin arthritique. C'est ce que je fais, chaque fois que mes douleurs m'empêchent de fermer l'œil.

— C'est une bonne idée, avait dit la tante. Il faut que je me trouve un bon livre. La prose de Marie Corelli est vraiment d'un ennui!

— Vous n'avez qu'à piocher dans la bibliothèque, était intervenu Harry. A propos, Sandor, tous ces vieux bouquins en ruine devraient représenter une belle somme sur le marché, non?

— Qu'est-ce qui vous fait dire cela? avait demandé le duc.

Harry n'avait pas répondu, et avait changé de sujet. « Il sait que les livres ont de la valeur, et c'est pourquoi il a réclamé la clé de la bibliothèque ! » songea le duc.

— Mon secrétaire et moi-même pensons qu'il est préférable de ne pas laisser la bibliothèque ouverte, dit-il à Oletha. Je vous demanderai donc, si cela ne vous ennuie pas, de bien vouloir fermer cette salle, chaque soir après votre travail, et de rapporter la clé à Mr. Hansard dans son bureau. Un valet de pied vous montrera le chemin.

— Fort bien, Votre Grâce. Je pense que c'est là une sage résolution. Certains livres peuvent avoir autant de valeur que des tableaux ou des bijoux.

— Et vous, que préférez-vous, les livres, les tableaux ou les bijoux ? s'enquit le duc.

Oletha lui adressa un sourire lumineux.

— En tant que femme, j'ai le droit d'être avide et de vouloir les trois, dit-elle.

— L'avidité ne se trouve pas seulement chez les femmes, objecta le duc.

— En effet, mais on ne leur demande pas de faire preuve de grandeur d'âme, contrairement aux hommes.

— Est-ce vraiment votre sentiment ? J'ai toujours pensé que les femmes incarnaient les grands idéaux, qu'elles incitaient les hommes à se surpasser.

Il y avait une note cynique dans sa voix. Peut-être ne croyait-il pas un mot de ce qu'il venait de dire...

Oletha eut un petit rire avant de répondre :

— Je vois, Votre Grâce, que vous n'avez pas lu vos propres livres. J'ai remarqué, sur vos rayonnages, de nombreux ouvrages glorifiant le courage et le sens du sacrifice. Ces valeurs ont perduré dans l'histoire de l'humanité et signifient encore quelque chose aujourd'hui, pour ceux qui se donnent l'occasion de les honorer.

Son père lui avait parlé des exploits guerriers de Sandor aux Indes. Ce pays et les difficultés qu'y rencontraient les Anglais avaient toujours fasciné Oletha. Elle avait lu tous les livres qu'elle avait pu trouver sur le sujet. Elle s'était passionnée pour tous les comptes rendus des batailles publiés dans l'*Illustrated London News*.

Comme s'il avait lu dans ses pensées, le duc déclara :

— Pensez-vous, Miss Baron, que dans certaines parties de notre empire, des hommes se distinguent encore par leurs actes de bravoure ?

— Bien sûr. En Inde, par exemple, notre armée se bat courageusement pour la gloire de l'Angleterre.

Oletha vit la surprise se peindre sur le visage du duc.

— L'Inde vous intéresse ? s'enquit-il.

— Je trouve ce pays fascinant, et j'aimerais vraiment y aller. J'ai beaucoup lu d'ouvrages sur l'Inde, y compris une histoire du bouddhisme, et bien sûr tous les védas traduits.

— Et vous les avez compris ?

Oletha lui lança un petit regard timide.

— Vous me jugerez bien présomptueuse si je réponds oui, car ces textes ont laissé perplexe plus d'un étudiant. Mais j'ai essayé de les lire d'abord avec mon cœur, et je crois avoir réussi, parfois, à capter le message.

Sa voix n'était plus qu'un murmure, comme si elle s'adressait à elle-même. Le duc la dévisagea avec incrédulité.

— Pendant toutes ces années passées en Inde, je n'ai jamais rencontré une femme qui s'inquiétât seulement de l'existence des védas. Ils sont pour moi d'une beauté incomparable.

— Pour moi aussi. Les védas m'émeuvent profondément et, même si je n'en saisis pas le sens exact, j'en ressens toute la beauté.

Il y eut un long silence. Et puis, brusquement, comme s'il se rappelait lui-même à l'ordre, le duc déclara :

— J'ai l'impression, Miss Baron, que je vous empêche de travailler. Accordez toute votre attention, je vous prie, aux volumes les plus anciens de la bibliothèque, et je me ferai un plaisir de prendre connaissance de vos découvertes.

Sans laisser le temps à Oletha de dire quoi que ce soit, il tourna les talons et s'éloigna rapidement, comme s'il souhaitait mettre une distance entre eux.

Lorsque la porte de la bibliothèque se referma sur lui, Oletha s'aperçut qu'elle avait retenu sa respiration.

C'était donc lui le duc ! L'homme qui s'apprêtait à l'épouser pour son argent !

De prime abord, il lui avait paru impressionnant, froid, austère, voire effrayant. D'autre part, il était séduisant d'une bien étrange manière, différent de tous les hommes qu'elle avait jamais approchés.

Peut-être était-ce à cause de sa peau brunie par le soleil, ou de ses yeux gris, intensément pénétrants, qui semblaient la percer à jour.

Oui, il était vraiment différent de l'homme qu'elle avait imaginé. Si différent, qu'elle ne pouvait s'expliquer en quoi.

De plus, il avait eu le pouvoir de la faire parler en toute franchise, de lui faire exprimer ses sentiments les plus profonds. Personne n'avait jamais eu un tel ascendant sur elle.

Oletha se rendit compte avec une certaine gêne que son cœur battait plus vite et qu'elle avait du mal à respirer normalement.

Pourquoi ?

Elle trouva la réponse, et cette réponse l'effraya.

4

Oletha fut installée dans une chambre très confortable, quoique fort simple. En tant que fille d'un conservateur, elle résidait au deuxième étage, où se trouvaient les chambres de deuxième catégorie.

Néanmoins, la sienne, spacieuse et agréable, bénéficiait en outre d'un salon attenant où elle prendrait seule ses repas.

Bien décidée à en apprendre le plus possible sur le duc, Oletha s'informa tout d'abord auprès de la gouvernante.

— Vous êtes dans cette maison depuis longtemps, Mrs. Fellows ?

— Certes oui, Mademoiselle. Cela fera quarante ans le mois prochain, et croyez-moi, j'en ai vu des choses changer. Et rarement en mieux.

Oletha se tut, comprenant qu'il s'agissait là d'une introduction à l'histoire de la vie de Mrs. Fellows.

Celle-ci lui raconta qu'elle était toute jeune lorsqu'elle avait commencé à travailler à Gore, de même que sa mère en son temps.

— Du vivant du troisième duc, la famille menait grand train. Il y avait alors douze valets de pied portant perruque et gants blancs. Et il était courant que quarante ou cinquante invités séjournent ici plusieurs jours d'affilée.

— Cela devait être très excitant! s'exclama Oletha.

— Cela représentait beaucoup de travail, croyez-moi. Mais il y avait autant de femmes de chambre et de valets que d'invités.

— Le duc actuel donne-t-il des réceptions aussi somptueuses? demanda Oletha, tout en connaissant la réponse.

— Oh non, Mademoiselle. Les choses ont bien changé depuis la grande époque. D'après ce que j'ai entendu dire, Sa Grâce a hérité d'un monceau de dettes. Il lui faut aussi entreprendre des travaux de restauration qui auraient dû être faits depuis longtemps.

— Voulez-vous dire que l'on aurait laissé la propriété à l'abandon? fit Oletha, l'air faussement étonné. Elle paraît pourtant en très bon état.

— Vous dites cela parce que vous n'avez pas encore tout vu, remarqua Mrs. Fellows avec indulgence. En vérité, des tuiles sont tombées du toit, et il y a des fissures dans les murs. Sans parler des rideaux en lambeaux et des tapis si usés qu'on pourrait se prendre les pieds dedans.

Le ton consterné de Mrs. Fellows amusait Oletha. Soucieuse de ne pas paraître en savoir trop, elle continua à jouer les naïves.

— Je suis vraiment surprise. Je pensais que les ducs étaient très riches.

— Ils l'étaient dans le passé. Mais les temps ont changé et beaucoup de nobles sont à court d'argent actuellement. C'est pourquoi, d'après ce que j'ai lu dans les journaux, ils épousent souvent des Américaines.

— C'est exact, acquiesça Oletha. J'ai entendu dire que le duc de Marlborough s'est marié avec une Américaine, ainsi que le duc de Leinster.

— Espérons qu'ils sont heureux. Mais sincèrement, Mademoiselle, j'en doute.

— Pourquoi ?

— Parce que les Américains ne voient pas les choses comme nous, répondit Mrs. Fellows, un soupçon de mépris dans la voix. Et je ne crois pas que Sa Grâce ait quoi que ce soit en commun avec de telles femmes, si riches soient-elles.

— Quel genre de femme pourrait plaire au duc, à votre avis ?

Cette question fit rire Mrs. Fellows.

— A moins qu'il n'ait changé pendant ses années à l'étranger, il n'aura que l'embarras du choix. Les dames papillonnaient autour de lui alors qu'il n'était encore qu'un tout jeune homme. Mais il faut dire qu'il était déjà très séduisant.

— Alors pourquoi ne s'est-il jamais marié ?

— J'imagine qu'avec sa solde d'officier il ne pouvait se le permettre. Feu le duc n'a jamais été très généreux, même avec Monsieur George, le jeune marquis.

— Ainsi, du vivant de son père, le duc devait économiser sur tout, remarqua Oletha.

— En effet, Mademoiselle. Je l'ai même vu parfois emprunter quelques livres à Mr. Bateson, le majordome, pour pouvoir se rendre à Londres.

Insensé ! se dit Oletha. Cela concordait pourtant parfaitement avec ce que lui avait raconté son père.

— Etes-vous contente que ce soit le duc actuel qui ait hérité ? demanda-t-elle.

Cette question appelait une réponse claire et que Mrs. Fellows se fit un plaisir de lui donner.

— En toute franchise, Mademoiselle, j'ai toujours espéré que ce serait Monsieur Sandor qui succéderait à son père. Son frère, le pauvre garçon, était toujours souffrant. Il a été maladif dès sa naissance. Tandis que Monsieur Sandor est une force de la nature, et tout le monde à Gore l'a toujours tenu dans la plus haute estime. C'est un vrai bonheur que de l'avoir maintenant à la tête de la maison.

« Il n'y a aucun doute, songea Oletha quand elle fut seule, Mrs. Fellows ne pourrait se montrer plus élogieuse à l'égard du duc. »

Néanmoins, elle désirait en apprendre bien davantage au sujet de l'homme qu'on lui destinait et qui, de surcroît, l'épouserait pour son argent.

Elle pensa soudain que son père serait très mécontent s'il savait ce qu'elle manigançait. Puis elle repensa au duc : décidément, il était très différent de tout ce qu'elle avait pu imaginer.

Le lendemain matin, au saut du lit, cette idée lui trottait encore dans la tête.

« Peut-être ai-je trop d'imagination. Peut-être n'est-il pas aussi séduisant et respectable que cela », se dit-elle pour écarter le trouble qui ne cessait de grandir en elle.

Il était à peine sept heures, quand elle sortit de sa chambre et dévala le grand escalier.

Les bonnes et les valets, qui s'affairaient déjà, la regardèrent d'un air surpris. Les valets étaient en manches de chemise, mais portaient le gilet rayé à boutons d'argent frappés aux armoiries de la maison.

Oletha leur dit bonjour, puis sortit par la porte principale dans l'air piquant du petit matin. Il avait certainement gelé dans la nuit.

Elle portait un manteau bordé de fourrure, avec un col de zibeline. Un vêtement un peu trop chic pour la fille d'un conservateur... Mais sous l'œil vigilant de Martha, elle n'aurait pu emporter un manteau plus ordinaire, alors qu'elle était censée se rendre chez lady Grayson.

Elle espéra que le duc, si jamais elle le rencontrait, ne ferait pas attention à ses vêtements.

Elle avait déjà repéré les écuries, et se dirigeait d'un pas vif dans cette direction. Elle passa le porche du bâtiment et se retrouva dans une cour pavée, entre deux longues rangées de stalles.

Si la maison avait besoin d'être restaurée, il n'en était pas de même pour les écuries. Elles avaient été visiblement repeintes récemment.

Les parties supérieures des portes étaient ouvertes et bon nombre de chevaux avaient passé la tête dehors. Ces bêtes étaient racées et de toute beauté. Oletha alla de l'un à l'autre, leur flattant l'encolure de la main. Elle aurait aimé que son père fût là. Sans nul doute, il aurait su reconnaître l'origine des plus beaux de ces chevaux.

— Bonjour, Madame !

L'un des valets d'écurie l'avait rejointe sans qu'elle s'en aperçût. Elle lui sourit.

— Je vois que vous admirez Red Duster. Une bête magnifique ! C'est ce que dit toujours Sa Grâce. Si vous voulez bien m'excuser, Madame, je vais le seller, parce que Monsieur Sandor doit le monter.

Le palefrenier entra dans la stalle. Oletha savait que ce serait une erreur de rencontrer le duc à pareille heure, et qu'elle ferait mieux de s'éloigner des écuries. Mais elle ne put résister à l'envie de pénétrer dans la stalle pour regarder Red Duster de plus près. Et l'inévitable se produisit !

— Bonjour, Miss Baron ! dit la voix du duc derrière elle. Etes-vous aussi savante en matière de chevaux qu'en littérature ?

Oletha se retourna. En tenue d'équitation, le duc était encore plus séduisant et impressionnant.

— J'aime les chevaux, répondit-elle simplement. Et les vôtres sont vraiment étonnants !

— Peut-être aimeriez-vous en monter un...

Les yeux d'Oletha brillèrent, mais elle se souvint à temps du rôle qu'elle devait tenir.

— Je ne voudrais pas négliger le travail qui m'attend...

— Il est encore très tôt, dit le duc. Et les Anglais ne commencent pas à travailler au chant du coq, comme nous devions le faire en Inde.

— Alors pourrais-je vous accompagner à cheval ? demanda Oletha.

— Je vous attendrai dix minutes. Si vous tardez davantage, vous devrez trouver votre chemin toute seule.

Oletha lui sourit, en guise de réponse, souleva légèrement sa longue jupe, puis s'en fut en courant vers la maison.

Son père détestant attendre lui aussi, elle était habituée à se changer à la hâte. Néanmoins, tout en gravissant rapidement les marches du grand escalier, elle se dit que l'aide de Martha allait lui manquer.

Heureusement, une servante lui apportait une tasse de thé, juste au moment où elle arrivait dans sa chambre, essoufflée.

— S'il vous plaît, aidez-moi à me changer, lui demanda-t-elle, tout en ôtant son manteau.

Martha avait mis deux costumes d'équitation dans la valise d'Oletha. Celle-ci choisit la tenue la plus moulante, un modèle dernier cri, lancé par l'impératrice d'Autriche.

Ce vêtement lui allait à merveille, soulignant l'extrême finesse de sa taille et les lignes douces, presque enfantines de sa poitrine.

Elle avait rassemblé ses cheveux en un joli chignon bas sur la nuque. Elle en assura le maintien avec quelques épingles supplémentaires, puis posa un charmant petit haut-de-forme sur sa tête.

Quand elle redévala l'escalier, il lui restait encore deux minutes sur le temps accordé par le duc. Devant le perron un valet de pied l'attendait avec le cheval qu'elle allait monter. Quant au duc, il marchait, la bride de son cheval à la main, sur l'aire de gravier s'étendant devant la maison.

Oletha se mit en selle d'un mouvement gracieux, légère comme une plume. Puis elle se redressa et rejoignit le duc au petit trot.

— Neuf minutes et cinquante et une secondes! s'exclama-t-il. Je ne peux que vous complimenter pour votre ponctualité!

— Vous n'osez pas dire: à défaut d'autre chose! remarqua Oletha. Alors à moi de vous éblouir avec les trésors que je ne manquerai pas de découvrir dans la bibliothèque.

— Je ne peux qu'espérer qu'il en soit ainsi, répondit le duc. Mais ne serait-ce pas présomptueux de ma part de penser que les dieux se montreront si généreux à mon égard, après tout ce qu'ils m'ont déjà accordé?

Tout en parlant, il regardait le parc s'étendant devant lui.

— Je suis certaine que vous souhaitiez depuis toujours posséder Gore, dit Oletha d'une voix douce.

Il la regarda, surpris.

— Pourquoi pensez-vous cela ?

— Parce que tout homme, à fortiori un Goring, aimerait posséder Gore. C'est la plus magnifique demeure que j'aie jamais vue.

— C'est pourquoi je désirerais qu'elle le restât.

— Si je réussis dans ma chasse au trésor, Gore sera sauvée, remarqua Oletha.

— J'espère seulement pouvoir honorer la majeure partie de mes dettes.

Le duc songea qu'il avait là une conversation bien surprenante avec une bien étrange jeune fille, et il changea de sujet d'une manière aussi abrupte que la veille.

— Je crois que nous devrions galoper un peu pour apaiser nos montures.

Effectivement, les chevaux commençaient à s'agiter, à tirer sur leur mors, mais pas outre mesure. Le duc s'était simplement servi de ce prétexte pour interrompre la conversation.

Oletha, quant à elle, venait de découvrir un fait important : Gore représentait beaucoup pour Sandor, peut-être plus que sa propre liberté. Mais elle restait cependant sceptique, quant à la gravité de la situation financière du duc. Certes, il était clair qu'il ne pouvait plus vivre sur le même train que son père, mais les choses étaient-elles aussi dramatiques qu'il se plaisait à le dire ?

Peut-être découvrirait-elle, en approfondissant la question, que Sandor se plaisait à des distractions d'une tout autre nature que celles de son défunt père. Il pouvait fort bien aimer les chevaux, mais ne pas avoir envie de les faire courir. Il pouvait également désirer être plus fortuné, pour passer davantage de temps à Londres. Cette dernière hypothèse n'avait rien d'improbable, vu qu'il était resté sept ans à l'étranger.

Cela dit, Oletha le voyait mal dans le rôle du chevalier servant de quelque célèbre danseuse de cabaret, l'attendant dans les coulisses avant de l'emmener dîner chez *Romanoff*! Mais comment en être sûre ?

Etant une enfant unique, elle avait passé de nombreuses soirées seule avec son père, ou bien en compagnie des amis de celui-ci. Bien qu'elle ne fût pas présente lors des bals ou des grands dîners, elle assistait aux soirées en petit comité. Et là, les amis du colonel, l'ayant toujours considérée comme une enfant, tenaient devant elle des propos qu'ils auraient tus, s'ils avaient pensé qu'elle pouvait en saisir le sens.

— Sais-tu que Reggie s'est empêtré dans une histoire avec une danseuse qui lui coûte très cher ? avait dit un soir l'un des amis du colonel.

— Je l'ai vue. Et je peux t'assurer qu'elle mérite largement les sommes folles qu'il dépense pour elle ! s'était esclaffé un autre convive.

— Quoi qu'il en soit, il a tort, avait fermement déclaré le colonel. Si sa femme avait le moindre bon sens, elle frapperait du poing sur la table !

— Cela ne risque pas d'arriver, avait répondu quelqu'un, même si c'est elle qui tient les cordons de la bourse.

— Elle doit être lasse de voir sa fortune ainsi dilapidée pour d'indignes raisons, avait rétorqué le colonel.

— Je crois qu'en vérité elle en a plus qu'assez de

Reggie, mais il restera avec elle parce qu'il n'a pas les moyens de faire autrement, et qu'en outre, cela plaît à Enid d'être comtesse.

Oletha, qui se remémorait à présent cette conversation, se jura de ne jamais épouser le duc si son avenir avec lui devait ressembler à cela. Elle lui jeta un regard à la dérobée, tandis que les chevaux ralentissaient leur allure, et pensa qu'il n'avait rien d'un coureur de femmes légères. Cependant, que savait-elle des hommes ? Et puis, comment juger objectivement le duc dans un tel contexte ? Le prestige de Gore ; les vieux serviteurs ne tarissant pas d'éloges sur lui... Tout ceci avait de quoi le rendre vaniteux, s'il ne l'était déjà...

Elle eut soudain envie, sans pouvoir se l'expliquer, de le blesser.

— Je me demande, Votre Grâce, pourquoi vous cherchez à vendre les trésors accumulés par vos ancêtres au fil des siècles, déclara-t-elle. Ne pourriez-vous pas travailler pour obtenir l'argent dont vous avez besoin ?

Si elle avait voulu le surprendre, elle n'aurait pas pu mieux réussir. Le duc tourna la tête et la regarda d'un air totalement étonné.

— Travailler ? répéta-t-il. Qu'entendez-vous exactement par là ?

— Je sais que l'idée de travailler peut vous paraître déplacée, mais j'ai souvent entendu dire que les Américains amassaient de grosses fortunes en travaillant dur. En outre, je crois que nombre d'hommes, après avoir passé quelques années aux Indes, sont rentrés en Angleterre bien plus riches qu'ils n'en étaient partis.

— C'est vrai pour ceux qui ont servi dans la Compagnie des Indes au début du siècle, admit le duc. Mais aujourd'hui il est difficile de s'enrichir dans ce pays sans être corrompu.

La façon dont il avait prononcé le mot « corrompu » persuada la jeune fille qu'il n'aurait jamais recours à de tels procédés.

— La situation était différente pour les Américains, poursuivit-il. Les pionniers ont trouvé une terre en friche dotée de ressources illimitées. Les plus intelligents d'entre eux, comme les Astór, ont acheté des terrains qui ont ensuite pris beaucoup de valeur. D'autres découvrirent des richesses insoupçonnées qui les rendirent milliardaires.

— Vous faites allusion aux propriétaires de gisements de pétrole, dit Oletha, songeant à son grand-père.

— Exactement. Quant à moi, je n'ai jamais eu de fonds disponibles pour investir dans de la terre ou des valeurs immobilières. Aussi, mes seuls biens ne sont-ils pas négociables aujourd'hui.

— Néanmoins, vous êtes un homme fort, en pleine santé, et qui doit pouvoir compter sur son intelligence.

A nouveau le duc la regarda d'un air étonné.

— J'ai l'impression, Miss Baron, que vous cherchez à me provoquer, et je ne vois pas de motif à cela. A moins, bien entendu, que vous ne désapprouviez ma conduite pour une raison que j'ignore.

— Je ne me le permettrais pas, dit très vite Oletha.

Mais, malgré elle, un soupçon d'ironie avait percé dans sa voix.

Le duc ne manqua pas de s'en apercevoir.

— Ainsi je ne me suis pas trompé : vous me reprochez quelque chose. J'aimerais savoir quoi.

— Votre Grâce interprète d'une manière bien sérieuse des propos désinvoltes, répondit la jeune fille.

Sentant qu'elle avait été imprudente et ne désirant pas poursuivre cette conversation, Oletha planta son éperon dans le flanc de son cheval. Le duc dut forcer la cadence de sa monture pour rester à sa hauteur.

Plus tard, sur le chemin du retour, il déclara :

— J'ai réfléchi à ce que vous m'avez dit, Miss Baron. Je crois comprendre que votre père étant un grand travailleur, vous jugez naturel que tous les hommes le soient aussi. Mais la seule occupation à laquelle on m'ait jamais préparé est le métier de soldat. Or on m'a souvent dit que les anciens officiers encombraient le marché, et que la seule solution pour eux était de disparaître dans l'ombre.

— C'est là quelque chose que vous ne pourriez jamais faire, Votre Grâce.

Ce n'était pas lui qu'elle regardait en prononçant ces mots, mais Gore. La maison était magnifique sous le pâle soleil filtrant à travers les nuages. L'ensemble était si majestueux qu'Oletha ne put s'empêcher de remarquer, comme si ces mots lui venaient droit du cœur :

— Vous ne pouvez pas... perdre tout ça.

— C'est exactement mon avis, approuva le duc. Je dois m'employer à garder Gore coûte que coûte.

Il avait prononcé ces mots comme on formule un vœu. Oletha se rendit compte que, malgré elle, elle l'avait amené à prendre la décision de se marier pour sauver Gore. Elle aurait voulu lui crier qu'il se méprenait sur le sens de son discours. Elle lui avait suggéré de travailler, de réaliser quelque chose en tant qu'homme et non en tant que duc. Mais à présent, il envisageait le mariage comme un moyen de travailler à la préservation de son patrimoine.

Elle se maudit pour sa propre sottise. Puis elle se souvint que la décision finale, après tout, lui appartenait totalement : si elle décidait de ne pas l'épouser, elle trouverait un moyen de ne pas accompagner son père à cette partie de chasse.

Le duc semblait maintenant absorbé dans ses pensées. Lorsqu'ils arrivèrent devant la maison, il lui parla enfin, mais d'une manière fort conventionnelle.

— J'espère que cette promenade aura été à la mesure de votre attente.

— C'était très agréable, Votre Grâce ! Et je vous en remercie.

— Mes chevaux sont à votre disposition, ajouta-t-il avec courtoisie.

Deux palefreniers accoururent dès qu'ils les virent. Tandis que le duc descendait de cheval, Oletha se demanda s'il l'aiderait à quitter sa monture. Mais il n'en fit rien. Il avait déjà atteint l'escalier lorsqu'elle le rejoignit.

— Si vous avez quoi que ce soit à me communiquer, Miss Baron, Mr. Hansard sait toujours où me trouver, lui dit-il, d'un ton impersonnel.

— Merci, Votre Grâce, répondit simplement Oletha.

Et elle entreprit de monter l'escalier, tout en espérant que le duc l'inviterait à prendre son petit déjeuner avec lui. Mais il tendit son chapeau, ses gants et sa cravache à un valet, puis traversa le hall sans même accorder un dernier regard à la jeune fille.

Oletha se sentit alors étrangement déprimée, comme si elle venait d'achever la lecture d'un roman et qu'elle ne s'était pas attendue à une fin si triste.

Oletha se trouvait dans la bibliothèque, inspectant les livres dans l'espoir de dénicher, à défaut d'un in-folio de Shakespeare, quelques ouvrages rares.

Il lui importait de faire une découverte intéressante le plus rapidement possible, afin de satisfaire le duc. Aussi ne prit-elle pas la peine de commencer à cataloguer les livres, ce qu'aurait fait Mr. Baron dès son arrivée.

Oletha examinait seulement les rangées de livres. Elle s'aperçut très vite que l'ordre ne régnait pas sur les étagères. Il lui arrivait de trouver un volume très récent, entre un livre datant du XVIe siècle, et un manuscrit tombant en morceaux, qui, après examen, se révélait être un faux ouvrage ancien.

Oletha commençait à perdre espoir, quand elle entendit la porte de la bibliothèque s'ouvrir. Ce devait être le duc, pensa-t-elle avec joie. Quel plaisir de lui parler enfin, de peut-être reprendre la joute oratoire du matin... quoiqu'elle n'ait pas aimé la façon dont les choses s'étaient terminées.

Mais l'homme qui vint à sa rencontre était un parfait inconnu.

Brun, de haute stature, il ressemblait vaguement au duc, sans toutefois être aussi beau. En outre, à l'inverse de Sandor, cet inconnu avait quelque chose d'un dilettante.

Tandis qu'il s'approchait d'elle, la jeune fille lut de l'étonnement dans ses yeux.

— Je savais qu'un conservateur devait venir à Gore, mais je ne m'attendais pas à ce que ce soit une femme ! s'exclama-t-il. Surtout une femme aussi jolie !

Sa surprise s'exprimait d'une manière flatteuse, mais Oletha lui répondit avec modestie :

— Bonjour, Monsieur. Je suis la fille du conservateur. Mon père a été retenu au dernier moment par un travail urgent, et je suis venue avant lui.

L'homme, sans cesser de la fixer, lui tendit la main.

— Je suis le capitaine Harry Goring, le cousin du duc. Je sais maintenant que vous êtes Miss Baron. Enchanté de faire votre connaissance.

Oletha glissa sa main dans la sienne et trouva qu'il la gardait bien trop longtemps. Elle éprouva pour lui une antipathie instinctive.

Elle avait tendance à se forger très rapidement une opinion sur les gens. Trop rapidement au goût de son père, qui l'avait souvent réprimandée à ce sujet.

— Comment peux-tu raisonnablement affirmer que tu détestes le neveu du général Burns? lui avait-il demandé quelques semaines plus tôt, alors qu'ils revenaient à cheval d'une visite chez un voisin. Tu n'as parlé que dix minutes avec lui.

— C'était suffisant pour savoir que je n'avais plus rien à lui dire, et que si j'étais le général, j'enfermerais l'argenterie à clé dans les plus brefs délais!

Oletha avait parlé sur le ton de la plaisanterie, mais son père lui avait répondu avec colère:

— Ces jugements hâtifs sont tout à fait ridicules et inconvenants de la part d'une jeune fille!

— Tu m'as souvent demandé ce que je pensais des gens, papa, et bien que tu aies chaque fois mis en doute mes jugements, tu as toujours fini par admettre que j'avais vu juste.

Le colonel ne répondit pas tout de suite, car il savait qu'elle avait raison. Oletha avait l'art de percer à jour les êtres qu'elle rencontrait, et ceci presque au premier coup d'œil.

Néanmoins, le colonel estimait que c'était là une

qualité malvenue chez une si jeune fille. Aussi finit-il par lui dire :

— Je pense que tu devrais perdre cette habitude. A l'avenir, contente-toi de juger les gens sur les apparences.

— Je t'assure que je m'y efforce, répondit Oletha. Mais parfois, je vois au-delà des apparences. Et ce que je vois n'est pas souvent plaisant.

Désirant ne pas fâcher son père, la jeune fille avait délibérément cessé d'avoir recours à ce qu'elle appelait son « sixième sens ». Et à présent, sans même qu'elle en ait conscience, ce sixième sens lui soufflait que le cousin de Sandor, Harry Goring, n'était pas un honnête homme.

— Comment aurais-je pu imaginer qu'un conservateur pourrait vous ressembler ? lui dit-il. Je vous assure qu'après une telle découverte je vais hanter les bibliothèques et les musées !

— Vous me flattez, capitaine Goring. Mais je crains de ne pouvoir interrompre mon travail pour parler avec vous. J'ai encore beaucoup à faire avant l'arrivée de mon père.

— Cataloguer tous ces livres risque de vous prendre des années. Nous aurons donc tout le temps de discuter et de faire plus ample connaissance. Permettez-moi d'ajouter, Miss Baron, que je le désire ardemment.

Il était visiblement décidé à lui faire la cour, mais Oletha n'avait nullement l'intention de l'encourager.

Elle prit un livre sur l'une des étagères. C'était un recueil de poèmes de lord Byron, magnifiquement relié.

— Avez-vous déjà trouvé l'in-folio de Shakespeare ? s'enquit Harry.

— Non, répondit-elle d'un ton tranchant.

— Ce sera formidable, quand vous le trouverez !

— Je doute que cet in-folio soit ici.

— Et pourquoi donc ?

— Parce que si c'était le cas, cela se saurait depuis longtemps.

— Une rumeur affirme pourtant qu'il se trouve ici. Mon cousin vous l'a dit, j'imagine. Des collectionneurs américains sont prêts à l'acheter.

Comment Harry en savait-il autant au sujet de cette affaire ? Et comme il paraissait cupide !

La jeune fille s'aperçut qu'il s'était imperceptiblement rapproché d'elle.

— J'ai une faveur à vous demander, Miss Baron. Je sens que vous ne refuseriez pas de m'aider à faire une surprise à mon cousin.

Oletha ne répondit pas, continuant à tourner les pages de son livre. Néanmoins, Harry savait qu'elle l'écoutait.

— L'anniversaire de Sandor est dans un peu plus d'une semaine, poursuivit-il. Je crois qu'aucun cadeau ne lui ferait plus plaisir que la découverte de cet in-folio. Je suis certain que cet ouvrage se cache quelque part ici. Alors offrons-le au duc, faisons-lui cette surprise tous les deux.

Oletha devinait ce qu'Harry avait en tête. Mais elle refusait de se fier systématiquement à son instinct.

— Qu'attendez-vous de moi ? demanda-t-elle, en levant vers lui des yeux faussement confiants.

— Je savais bien que vous accepteriez ! s'exclama Harry. Voici la marche à suivre : lorsque vous trouverez cet in-folio, ne le dites à personne et prévenez-moi. J'en ferai un joli paquet, puis nous l'offrirons ensemble au duc, le jour de son anniversaire.

Oletha ne dit rien et Harry poursuivit :

— Vous imaginez ? Il sera fou de joie ! J'ignore à combien est coté un in-folio de Shakespeare sur le marché du livre, mais je suis prêt à parier que les collectionneurs vont se ruer pour l'acheter. Et à n'importe quel prix !

— Je crois que ce ne serait pas bien, dit Oletha, d'une voix hésitante. Si jamais je découvrais cet ouvrage, je devrais en prévenir le duc...

— Et le priver d'une bonne surprise ? Vous êtes aussi intelligente que belle, Mademoiselle. Alors vous devez comprendre que cet ouvrage représente beaucoup pour le duc. Sa vente pourrait sauver le domaine.

— Oui, je... vois, acquiesça Oletha, vaguement dubitative.

— Vous et moi allons être associés dans cette affaire, insista Harry. Et je vous promets que si vous m'aidez à concrétiser ce projet, si grâce à vous je puis faire de mon cousin un homme heureux, je saurai être reconnaissant.

Tout en parlant, il s'était encore rapproché d'elle.

— Je pense que des turquoises seraient du plus bel effet sur une peau aussi blanche.

Oletha remit le recueil de poèmes en place sur l'étagère, et en profita pour reculer d'un pas.

— Alors, vous acceptez ? demanda Harry.

— J'aimerais y réfléchir, capitaine Goring. Je comprends votre désir de faire plaisir au duc, mais je crains que mon père ne désapprouve une telle action.

— Oh, allons ! fit-il d'un ton enjôleur. Je ne peux pas croire que vous allez me laisser tomber !

— N'oubliez pas qu'il est possible que je ne trouve rien et que tout ceci ne soit finalement qu'une rumeur.

Cette hypothèse sembla tellement déplaire à Harry que les soupçons d'Oletha se confirmèrent : il espérait bien tirer un profit personnel de cet in-folio.

— Eh bien, examinez tous ces ouvrages aussi vite que vous le pourrez, et je suis sûr que vous finirez par trouver quelque chose. Vous êtes trop jolie pour ne pas avoir de chance.

— Je ferai de mon mieux.

— Et si vous faites des merveilles, ce dont je ne doute pas, vous ne laisserez pas tomber votre associé ?

— Je vous ai déjà dit que j'allais y réfléchir.

— Pensez également aux turquoises que je vous offrirai. Une jeune fille aussi belle que vous devrait porter des bijoux, et je veux être le premier à vous en offrir.

— Vous êtes... très gentil, murmura Oletha.

— Je ne vous veux que du bien, affirma-t-il.

Puis il ajouta à voix basse :

— Que diriez-vous de me retrouver ce soir dans le jardin, avant le dîner ? Il y a une petite tonnelle au bout de la grande pelouse, derrière les buissons. Si vous y allez avant la nuit, vous trouverez facilement votre chemin. Ensuite, je vous ramènerai à la maison.

Cette perspective était loin de la ravir.

— Voilà encore une chose à laquelle il me faut réfléchir, capitaine Goring, répondit-elle sans le regarder.

— Je vous attendrai, et je vous promets que vous ne serez pas déçue.

Il jeta un regard furtif derrière lui, comme s'il craignait qu'on ne surprît sa présence ici. Lorsque ses yeux se posèrent à nouveau sur elle, la jeune fille eut la sensation très nette qu'elle courait un danger.

Elle devina qu'il se demandait s'il allait l'embrasser immédiatement ou s'il attendrait ce soir. Elle recula encore d'un pas.

— N'oubliez pas, insista Harry. Je vous attendrai sous la tonnelle à cinq heures et demie. Vous devriez avoir fini à cette heure-là.

Sans lui laisser le temps de répondre, il se dirigea d'un pas désinvolte vers la porte, sortit, puis la referma derrière lui.

Oletha poussa un profond soupir. Elle venait d'échapper de peu à l'étreinte d'un homme détestable, méprisable et qui représentait un danger pour elle, mais aussi pour le duc.

En effet, elle était certaine que si elle remettait l'in-folio à Harry Goring, celui-ci disparaîtrait avec aussitôt. Devait-elle ou non avertir le duc des manigances de son cousin ? Elle décida de s'en abstenir. Jamais le duc ne la croirait. Confronté à lui, Harry nierait habilement toute intention de le gruger.

« Donc, ne rien dire, mais rester sur mes gardes », se promit-elle.

Elle déjeuna seule, ce qu'elle trouva plutôt déprimant. C'eût été plus excitant d'être à la table du duc, même en présence d'Harry.

Dès qu'elle eut achevé son repas, elle retourna dans la bibliothèque et recommença à feuilleter les livres les uns après les autres. Elle en trouva un ou deux susceptibles d'intéresser des étudiants, mais qui n'avaient pas une bien grande valeur.

Après plusieurs heures de travail, Oletha se dit que cette rumeur n'avait certainement aucun fondement.

Elle était en train de remettre un livre en place, quand elle entendit à nouveau la porte de la bibliothèque s'ouvrir. Cette fois, c'était le duc.

Dès qu'elle le vit, Oletha comprit qu'elle avait espéré ce moment tout l'après-midi. Son cœur se mit à battre plus fort dans sa poitrine et un immense bonheur l'envahit.

Le duc s'arrêta à quelques pas d'elle et la fixa de ses yeux gris. Elle eut alors l'impression que lui aussi avait attendu ce moment avec impatience.

5

Oletha entra dans sa chambre et virevolta dans la pièce.

— Quelle magnifique soirée !

La soirée la plus amusante de sa vie.

Lorsque le duc lui avait proposé de dîner avec lui et le capitaine Goring, la jeune fille en aurait crié de joie. Ainsi, il voulait passer la soirée avec elle !

Cependant, si Sandor l'avait considérée comme son égale, il ne l'aurait jamais invitée à dîner sans chaperon. Il la prenait donc bien pour la fille d'un conservateur, et ses soupçons n'avaient pas été éveillés.

A l'idée de ce dîner, Oletha avait ressenti une vive excitation. C'était une grande première pour elle, avec en plus l'attrait du fruit défendu.

La jeune fille avait longuement hésité dans le choix d'une robe. Elle avait d'abord pensé porter une robe sophistiquée qui, dénudant ses épaules, mettait en valeur la blancheur de sa peau et soulignait la finesse de son cou.

Mais elle avait finalement opté pour la robe préférée de son père : blanche, ornée de rubans bleu pâle à partir de la taille. Elle avait attaché un ruban du même bleu autour de son lourd chignon. Ainsi parée, elle avait l'air jeune et innocent, mais non sans un certain raffinement.

Quand elle descendit l'escalier pour se rendre au salon, elle eut l'impression d'être une actrice entrant en scène. Mais elle n'osait pas spéculer sur le dénouement de la pièce. Seule comptait l'excitation délicieuse qu'elle ressentait. Il lui semblait avoir des ailes aux pieds et des étoiles plein les yeux.

— Je ne me plaindrai pas, si jamais je dois être punie pour mes méfaits! murmura-t-elle pour elle-même.

Le duc l'attendait dans le salon bleu. Pourquoi avait-il choisi cette pièce? Parce que le brocart bleu pâle tendu sur les murs et les doubles rideaux bleu nuit étaient comme un écrin parfait pour les cheveux blonds d'Oletha?

« Non, se dit-elle. Je n'ai certainement pas autant d'importance à ses yeux. »

S'il se montrait gentil envers elle, c'était dans un but précis: l'inciter à trouver les livres qui lui permettraient de résoudre ses problèmes financiers. Son invitation n'était qu'un simple geste de convenance.

Oletha tenta de s'en persuader, mais son cœur, frémissant à l'idée de retrouver le duc d'ici quelques instants, lui soufflait tout autre chose.

Elle avançait vers lui, ses cheveux dorés brillant de mille éclats à la lumière des bougies.

— Le duc préfère cet éclairage, avait expliqué à Oletha la bonne qui l'avait aidée à s'habiller. Pourtant, nous avons la lumière électrique dans toute la maison.

— Ah, la lumière des bougies! s'était exclamée Oletha. Rien ne met plus une femme en valeur!

— Cette lumière sera parfaite sur vos cheveux, Mademoiselle. Et je trouve que dans cette robe, vous ressemblez à une princesse de conte de fées !

La jeune fille avait souri en entendant ce compliment.

Et maintenant qu'elle entrait dans le salon bleu, Oletha se demandait si le duc ne la considérait pas simplement comme un pion sur un échiquier. N'essayait-il pas, par tant d'amabilité, de l'encourager à travailler davantage pour trouver ce fameux livre ?

Tandis qu'elle traversait la pièce, il ne la quitta pas des yeux. Elle s'arrêta à quelques pas de lui et le regarda, soudain incapable de prononcer un mot.

C'était comme si tout avait disparu autour d'eux. Il n'y avait plus qu'eux, deux êtres se rencontrant, seuls au monde.

Le duc, lui aussi, restait muet. Debout devant elle, d'une stature impressionnante, il la fixait de ses yeux gris et pénétrants.

Oletha eut l'impression qu'il pouvait lire la moindre de ses pensées, le moindre de ses sentiments.

Et, alors que ce moment magique semblait devoir durer une éternité, la porte s'ouvrit devant Harry Goring.

— Serais-je en retard ? s'exclama-t-il. J'espère que j'arrive à temps pour la première coupe de champagne !

— Bien sûr ! répondit le duc, machinalement, mais sa voix semblait venir de très loin.

Le maître d'hôtel apparut alors dans l'embrasure de la porte, apportant le champagne. Un valet le suivait avec un plateau d'argent, sur lequel étaient posées des coupes en cristal.

A partir de ce moment-là il sembla à Oletha que les trois acteurs principaux de cette pièce fictive jouaient faux.

Dans la petite salle à manger aux murs vert pâle, deux magnifiques candélabres éclairaient la table. Il y avait également un chandelier sur chacune des quatre dessertes.

La lumière des bougies dansait sur les portraits des ancêtres de Sandor. Elle adoucissait leurs traits, si bien que ces figures austères paraissaient bienveillantes.

Le duc présidait le dîner, dans un fauteuil à très haut dossier, orné de ses armoiries.

Oletha eut l'impression qu'il se fondait dans cette galerie de portraits, unissant ainsi le passé et le présent. Seule la question de l'avenir demeurait en suspens.

Avec Harry Goring à table, il était difficile, voire impossible, d'avoir une conversation sérieuse. Ce dernier était trop habile dans l'art de jouer les amuseurs professionnels, pour ne pas s'en tenir à son rôle habituel : les faire rire.

Il raconta des anecdotes amusantes sur les Goring, puis sur ses amis de Londres. Harry possédait un talent de conteur indéniable.

Et, à la fin de cet excellent dîner, lorsque les serviteurs se furent retirés, il leva son verre et dit :

— Nous devrions porter un toast à notre charmante invitée, et lui souhaiter bonne chance dans sa quête du trésor caché.

— Tu as raison, approuva le duc. J'avais la même idée en tête.

Il leva son verre.

— Dans les circonstances présentes, porter un toast

à « Miss Baron » serait quelque peu compassé. Mais vous ne m'avez toujours pas dit votre prénom, ajouta-t-il en regardant Oletha.

La jeune fille crut percevoir de l'admiration dans ce regard, et répondit sans réfléchir :

— Je m'appelle Oletha.

Elle regretta aussitôt ces mots. Oletha était un prénom trop inhabituel pour ne pas éveiller la curiosité du duc.

Mais l'expression de Sandor ne changea pas : il n'avait pas fait le rapprochement entre elle et la jeune fille qu'il avait invitée à Gore avec son père.

— Un nom peu ordinaire, remarqua-t-il sur un ton léger. Mais tout à fait charmant !

— Un nom aussi joli que celle qui le porte, ajouta Harry Goring, en adressant à la jeune fille un regard charmeur.

Mais Oletha regardait toujours le duc, guettant ses réactions. Cette soirée était tellement agréable qu'elle en avait oublié le rôle qu'elle était censée tenir. Son étourderie aurait pu avoir des conséquences désastreuses.

— A Oletha ! dit le duc. Puisse-t-elle apporter la chance et le bonheur dans cette maison !

— A Oletha ! déclama Harry sur un ton dramatique.

Puis il but. Mais tandis que ses yeux cherchaient délibérément à rencontrer ceux de la jeune fille, celle-ci détourna la tête.

— Merci, dit-elle timidement. J'espère seulement ne pas vous décevoir.

Après le dîner, alors qu'ils étaient assis dans le salon et continuaient à parler, ou plutôt à écouter

Harry, Oletha eut soudain très envie d'être seule avec le duc.

Elle aurait souhaité l'entretenir de tant de choses... Lui poser des questions sur les Indes, lui demander s'il avait lu les livres qu'elle avait trouvés si fascinants.

Mais elle n'en eut pas l'occasion, parce que Harry ne les quitta pas une seconde. Et, à certains moments, il sembla à Oletha que le duc lui aussi aurait préféré rester seul avec elle...

« Mon imagination me joue des tours, se dit-elle, plus tard, dans sa chambre. S'il avait vraiment eu envie de parler seul à seule avec moi, il aurait très bien pu le faire dans la bibliothèque, cet après-midi. »

Le duc l'avait simplement invitée à dîner, après lui avoir posé quelques questions de principe sur son travail, et s'était retiré. Oletha aurait tant voulu qu'il reste plus longtemps avec elle, qu'il lui parle de lui, de ses projets, de ses désirs... Elle aurait tant aimé retrouver l'intimité qu'ils avaient connue le matin même, au cours de leur promenade à cheval... Mais c'était justement ce que le duc semblait vouloir éviter à tout prix.

Cette soirée avait été très agréable, mais lorsque Oletha avait annoncé, à contrecœur, son intention de se retirer, le duc n'avait pas tenté de la retenir.

« Je l'aime bien, se dit-elle, dans la quiétude de sa chambre. Je l'aime vraiment beaucoup. »

La bonne arriva après qu'Oletha eut sonné, et l'aida à se déshabiller. Puis elle ôta les épingles piquées dans le chignon de la jeune fille, libérant une cascade de cheveux d'or.

— Vos cheveux sont d'une couleur que je n'avais encore jamais vue, Mademoiselle.

— Il paraît qu'elle me vient d'un ancêtre suédois, expliqua Oletha.

— Je comprends tout ! s'exclama la femme de chambre. Vous n'avez vraiment pas l'air d'une Anglaise, Mademoiselle !

Oletha ne put s'empêcher de sourire.

Souvent, lorsqu'elle était seule devant son miroir, ses cheveux défaits cascadant sur ses épaules, elle se comparait à une sirène. Comme celles qui avaient tenté de séduire Ulysse.

Le duc la voyait-il ainsi ? Elle serait bien vaniteuse de croire cela. D'autant que, contrairement à Harry, il ne s'intéressait qu'à son travail à la bibliothèque.

Harry avait été charmant toute la soirée, mais Oletha savait qu'il était l'hypocrisie incarnée. Seule sa cupidité le faisait agir, et il emploierait tous les moyens pour déposséder le duc.

Eh bien, Oletha serait là pour l'en empêcher !

Elle rit, se rendant compte qu'elle faisait de cette chasse au livre une affaire personnelle.

Mais si elle trouvait cet ouvrage inestimable, quelles conséquences cette découverte entraînerait-elle ? Le duc annulerait-il l'invitation faite à son père ?

Lorsque la femme de chambre fut partie, Oletha se mit au lit, mais ne parvint pas à trouver le sommeil. Elle ne cessait de se demander comment réagirait le duc si jamais elle trouvait le précieux volume, et dans le cas contraire, ce qu'il dirait lorsqu'il la verrait arriver le samedi suivant avec son père.

Mais la vraie question était de savoir si elle souhaitait épouser le duc et l'aider à sauver Gore ou si elle voudrait échapper à ce mariage. Cette décision-là, Oletha ne parvenait pas à la prendre...

Soudain, une scène lui revint en mémoire. Pendant

le dîner, elle avait pu parler avec le duc, à un moment où Harry, concentré sur sa nourriture, ne tentait pas de les distraire.

— Cette pièce est magnifique, avait-elle dit. La couleur des murs s'harmonise parfaitement avec les tons des portraits de vos ancêtres.

— C'est exact. Dans chacune des pièces de cette maison, où nous avons gardé les couleurs d'origine choisies par Robert Adam, règne une parfaite harmonie.

— Le choix des couleurs est très important. Votre bibliothèque tapissée de livres reliés en est l'exemple le plus réussi.

Le duc avait eu un sourire approbateur.

— Il y a de nombreuses années, mon père avait invité l'un de ses vieux amis, un ancien professeur à l'université d'Oxford, qui, sur le tard, s'était pris de passion pour la reliure.

— Etait-il doué ? avait demandé Oletha.

— Je peux vous assurer que personne n'aurait eu recours à ses services ! Ses réalisations étaient lamentables. Et lorsqu'il choisit de relier certains de nos livres dans un orange affreux, mon père fut si furieux qu'il faillit tout jeter à la poubelle !

Oletha avait ri. Puis Harry leur avait raconté l'histoire de quelqu'un qui avait tapissé sa maison en vert, ce qui lui avait donné le mal de mer.

Se rappelant cette conversation, Oletha se dit que si le vieil ami du père de Sandor avait enseigné à Oxford, il aimait sans doute les classiques. Il avait donc vraisemblablement choisi de relier ses livres préférés. Et parmi ceux-ci...

Sans plus réfléchir, Oletha se leva, alluma la lumière et enfila sa robe de chambre. Elle devait en avoir le cœur net et essayer de trouver ces volumes à reliure orange.

Feu le duc s'intéressait davantage à l'aspect extérieur des livres qu'à leur contenu. Il était donc fort probable qu'il ait relégué ces ouvrages affreusement reliés au fin fond d'une étagère.

Oletha ne pourrait pas dormir avant d'avoir vérifié cette hypothèse.

Elle boutonna sa robe de chambre en crêpe de soie blanc. Ce vêtement simple, orné de dentelle de Valenciennes et de fins rubans de velours, lui seyait à merveille. Vêtue ainsi, ses cheveux flottant librement sur ses épaules, Oletha ressemblait à un ange descendu du ciel.

Mais en cet instant, son apparence lui importait peu. Une seule chose comptait pour elle : vérifier cette folle idée que lui soufflait son sixième sens.

Deux veilleuses étaient allumées dans le corridor, et Oletha trouva facilement son chemin jusqu'à l'escalier. Au premier étage, elle se pencha et vit que le hall du rez-de-chaussée était aussi faiblement éclairé. Un gardien de nuit était assis devant la porte d'entrée.

Renonçant à descendre par le grand escalier, la jeune fille emprunta le large corridor du premier étage, au bout duquel se trouvait un autre escalier aboutissant près de la bibliothèque.

Au rez-de-chaussée, après s'être assurée qu'il n'y avait pas d'autres gardiens, Oletha alla chercher la clé de la bibliothèque dans le bureau de Mr. Hansard. Elle l'avait vu la ranger dans un petit coffret d'argent et n'eut donc aucun mal à la trouver.

Puis elle se rendit rapidement dans la bibliothèque. Quand elle alluma les lumières, la grandeur de cette pièce la frappa à nouveau. Peut-être lui faudrait-il des heures pour trouver les ouvrages qu'elle recherchait. Mieux valait réfléchir et procéder avec logique.

Feu le duc avait certainement donné l'ordre qu'on plaçât ces livres hors de vue, sans doute sur l'une des étagères supérieures, accessible uniquement par la galerie.

Un petit escalier métallique en colimaçon y menait. Oletha l'emprunta, puis se dirigea vers la droite, à l'extrémité de la pièce la plus éloignée de la porte.

Depuis son arrivée à Gore, elle n'était encore jamais montée sur la galerie. A première vue, il y avait là de nombreux ouvrages fort intéressants.

Mais elle devait tout d'abord trouver ce qu'elle cherchait. Suivant son instinct, elle avança lentement, les yeux fixés sur la dernière étagère. Son cœur bondit dans sa poitrine lorsqu'elle les vit.

Tout contre le plafond, au bout de la rangée supérieure, là où aboutissait une haute fenêtre, une tache orange tranchait avec les teintes sombres des volumes alentour.

Les mains tremblantes d'émotion, Oletha prit l'un des livres orange. La couverture était vraiment très laide. Quant à la reliure, elle trahissait le travail d'amateur.

Oletha ouvrit le livre en retenant sa respiration. Qu'allait-elle découvrir ? Elle était si nerveuse, que, pendant plusieurs secondes, l'écriture dansa devant ses yeux. Puis elle se rendit compte qu'il s'agissait d'une ancienne bible. Elle revint à la hâte à la première page : l'Evangile selon saint Matthieu, publié à Genève par Christopher Baker en 1576 !

Cet ouvrage, qui n'était visiblement pas un faux, passionnerait le monde universitaire, et rapporterait une petite fortune au duc s'il décidait de le vendre.

Elle glissa le livre sous son bras et en prit un autre. Dès qu'elle l'ouvrit, elle sut qu'elle avait enfin atteint son but. Elle était bien en train de regarder une gravure de Shakespeare sur la page de titre de la première édition in-folio de ses pièces, publiée en 1623 !

« Je l'ai trouvé ! »

Ainsi les rumeurs concernant son existence étaient fondées. Oletha tenait entre ses mains le trésor dont rêvait le duc !

Elle contemplait avec ravissement la gravure représentant Shakespeare, quand elle entendit des bruits de pas dans le corridor. Quelqu'un approchait de la bibliothèque.

Elle n'avait pas refermé la porte à clé derrière elle, et comprenait à présent son erreur.

Instinctivement, Oletha tira un livre de l'étagère inférieure et glissa le Shakespeare et la bible tout au fond. Après quoi elle remit le livre en place.

A peine eut-elle fini, qu'elle sentit que quelqu'un venait de pénétrer dans la bibliothèque et que ce n'était pas le duc.

Son instinct lui dit que cet intrus, quel qu'il fût, représentait un danger pour elle.

Elle rejoignit rapidement l'escalier en colimaçon. L'homme, qui se tenait immobile dans l'embrasure de la porte, remarqua alors sa présence. Pendant quelques instants, Harry Goring ne bougea pas, puis il se retourna et ferma la porte restée ouverte derrière lui.

Oletha descendit.

— Que faites-vous ici ? demanda-t-elle sans lui laisser le temps de parler.

— Je m'attendais bien à vous trouver ici. Je pensais que vous n'auriez pas manqué d'interpréter l'indication tout innocente que vous a donnée mon cousin pendant le dîner. Maintenant vous savez où se trouvent les livres que nous cherchons.

— Je... ne... comprends pas...

— Vous mentez très mal ! fit-il d'un air dédaigneux. Allons, dites-moi ce que vous avez découvert.

— Je n'ai rien découvert !

Bien qu'elle s'efforçât de parler normalement, sa voix tremblait.

— Vous mentez ! En ma qualité d'associé dans cette affaire, j'ai le droit de connaître la vérité !

— Vous n'êtes pas mon associé ! répliqua-t-elle. Et comme je n'ai rien trouvé, je vais retourner au lit. Je continuerai à chercher demain.

Elle fit mine d'avancer, mais Harry fit un pas de côté pour l'empêcher de passer.

— Vous croyez vraiment que je vais avaler ça ? gronda-t-il. Ça m'étonnerait que vous soyez dans la bibliothèque depuis longtemps, et comme vous me paraissez pressée de partir, c'est que vous avez trouvé les livres orange !

— J'ai bien peur que vous ne soyez victime de votre imagination, capitaine Goring, dit Oletha sur un ton qu'elle espérait méprisant.

— Je vous somme de me dire ce que vous avez fait de cet in-folio, insista-t-il avec dureté.

— Puisque vous avez décidé de ne pas me croire, je n'ai plus de raison de rester ici, rétorqua Oletha. Bonne nuit, capitaine Goring !

A nouveau la jeune fille fit un pas en avant, mais Harry lui bloqua le passage. Il souriait, d'un sourire inquiétant.

— Vous pensez vraiment pouvoir me berner ainsi ? fit-il. Je vous ai proposé un cadeau, mais je suppose que vous préférez de l'argent. Fort bien, disons cinq pour cent du prix que je tirerai de ce livre.

— Je croyais que vous vouliez l'offrir à votre cousin ! remarqua Oletha avec dédain.

— Vous ne l'avez jamais cru, alors cessez ce petit jeu, voulez-vous ? Montrez-moi où vous avez caché ce livre, et vous aurez votre part du gâteau. C'est bien ce que vous voulez, non ?

— Si jamais je trouvais un livre de valeur dans cette bibliothèque, je le remettrais en main propre à son vrai propriétaire, c'est-à-dire au duc.

Elle avait parlé sur un ton de défi. Mais l'expression qu'elle vit sur le visage d'Harry lui fit soudain très peur. Il paraissait vraiment dangereux, à présent. S'il décidait de l'attaquer, elle n'aurait aucune chance contre lui. Une peur panique l'envahit, mais, par fierté, elle n'en laissa rien paraître. Instinctivement, elle redressa la tête et regarda Harry droit dans les yeux.

— Capitaine Goring, vous êtes un être abject ! dit-elle, d'un ton cinglant. Si vous ne me laissez pas quitter cette pièce immédiatement, je crierai et le gardien de nuit viendra à mon secours.

Harry Goring leva la main si vite qu'Oletha n'eut pas le temps de comprendre son intention. Il la frappa si violemment au visage qu'elle faillit tomber. En état de choc, elle ne réussit à pousser qu'un pauvre petit cri.

— Allez-vous me dire où vous avez caché ce livre, ou faut-il que je vous batte jusqu'à obtenir des aveux ? demanda-t-il, furieux.

Tandis qu'Oletha tentait de se ressaisir, il la frappa

à nouveau, cette fois sur la tête, et elle s'écroula.

Elle émit encore un petit cri, mais bien trop faible pour qu'on l'entendît à l'extérieur.

L'imposante silhouette d'Harry Goring se dressait au-dessus d'elle.

— Vous finirez bien par capituler, gronda-t-il, menaçant. Je vous conseille de tout me dire, tout de suite. Sinon, vous le regretterez !

Ces mots ne laissaient aucun doute quant à ses intentions. Oletha sentit qu'il n'hésiterait pas à la frapper sans merci pour la faire parler.

Elle allait capituler, quand elle entendit la porte de la bibliothèque s'ouvrir et une voix s'élever, furieuse :

— Mais qu'êtes-vous donc en train de faire ?

Pendant quelques instants, Harry Goring resta pétrifié, mais son esprit retors imagina très vite une fausse version des faits :

— Heureux que vous soyez là, Sandor ! Figurez-vous que cette femme a failli voler l'in-folio ! Mais elle m'a entendu arriver et l'a caché !

— Intéressante explication, dit le duc d'une voix cinglante. Mais je n'en crois pas un mot, et jamais je ne tolérerai qu'une invitée soit traitée de cette façon sous mon toit. Aussi je vous conseille de sortir, Harry.

Il y eut un moment de silence, puis Harry lança, sur un ton qu'il aurait voulu désinvolte :

— Très bien, je me retire, puisque tel est votre désir. Mais ne croyez pas un mot de ce qu'elle va vous dire !

Le duc ne répondit pas. Il se tenait simplement très droit, face à son cousin. Et Harry, comprenant qu'il avait perdu la partie, s'éloigna puis sortit de la bibliothèque en claquant la porte derrière lui.

Le duc attendit encore quelques instants, puis posa un genou sur le sol et prit Oletha dans ses bras.

Encore sous le choc, mais rassurée par la présence du duc, la jeune fille émit un petit murmure indistinct et cacha son visage contre l'épaule de son sauveur.

Il la serra contre lui, puis se releva lentement, la gardant toujours dans ses bras.

— Que s'est-il passé? demanda-t-il.

Puis il ajouta aussitôt:

— Non, ne prenez pas la peine de me le dire. Je peux aisément l'imaginer.

Oletha tremblait et était incapable de parler. Avec une grande douceur, il passa une main sous son menton et fit lentement basculer sa tête en arrière, afin de pouvoir la regarder. Il aperçut alors la marque rouge sur sa joue, à l'endroit où Harry l'avait frappée.

Et quand il croisa à nouveau le regard d'Oletha, il vit briller dans ses yeux une lueur de joie et de reconnaissance.

— Tout va bien maintenant, dit-il. Il ne vous frappera plus jamais.

Puis il se pencha vers elle et l'embrassa. Pendant un moment, elle eut du mal à croire ce qui lui arrivait. Elle était passée de l'enfer au paradis, de la terreur à un état de bonheur dont elle n'avait même jamais soupçonné l'existence.

Elle comprit qu'elle avait attendu cet instant magique depuis le début, qu'elle était tombée amoureuse du duc dès l'instant où elle l'avait vu.

Chaque fois qu'il lui avait parlé, chaque fois qu'il s'était approché d'elle, Oletha avait vibré de tout son être, vibré d'amour pour lui. Mais comment aurait-elle pu reconnaître un sentiment si nouveau pour elle ?

Car c'était bien l'amour que Sandor éveillait pour la première fois en elle en l'embrassant si merveilleusement. Dans ses bras, elle avait la sensation de ne plus s'appartenir, d'être toute à lui.

Le duc resserra son étreinte. Ses lèvres se firent plus pressantes. Oletha s'abandonna, incapable d'autre chose que de se soumettre à lui.

— Ma chérie, ma douce ! J'ai rêvé de cet instant depuis la première seconde où je t'ai vue.

— Vrai...ment... ? demanda Oletha d'une voix presque inaudible.

— Lorsque tu m'es apparue pour la première fois, j'ai pensé que tu étais la plus jolie femme que j'avais jamais vue !

— Et... puis ?

— J'ai su que j'avais enfin trouvé la femme que j'avais toujours cherchée. Et tu étais là, aussi parfaitement belle que maintenant, et si différente de toutes les autres femmes.

— C'est aussi... ce que je pensais de toi.

— Mais je suis différent ! s'exclama le duc avec fermeté. Je suis différent parce que maintenant tu m'appartiens. Tu es à moi ! J'en ai la certitude !

Il l'embrassa avec une telle passion qu'Oletha en trembla tout entière. Une sensation d'extase la possédait, l'extase de renaître dans un univers merveilleux.

— Je... t'aime ! souffla-t-elle quand il quitta sa bouche.

Il ne répondit pas, la souleva et la porta simplement dans ses bras jusque sur un sofa, près de la cheminée où rougeoyaient encore quelques braises.

Là, il la berça contre lui, comme une enfant. Puis il laissa courir ses lèvres sur sa peau douce, embrassant sa joue meurtrie, ses yeux, son petit nez, puis de nouveau ses lèvres.

— Je t'aime ! dit-il d'une voix grave. Jamais je n'ai désiré une femme autant que toi.

— Cela ne peut pas... être vrai, murmura Oletha.

— Pourquoi dis-tu cela ? Le destin nous a réunis, et nous n'y pouvons rien.

— Aurais-tu voulu... qu'il en soit autrement ? demanda-t-elle d'une toute petite voix.

— Tu es ce que j'ai de plus cher au monde, répondit-il, avant de l'embrasser encore et encore.

Un feu de désir l'embrasait, et ses baisers, de plus en plus enflammés, exigeants, effrayèrent Oletha. D'une main, elle le repoussa faiblement. Aussitôt, le duc releva la tête.

— Je t'ai fait peur, ma chérie ? demanda-t-il, alarmé. Ce n'était vraiment pas mon intention. Mais je ne sais comment exprimer ce que je ressens. Tout cela est si étrange, si magique !

— Je suis heureuse... si heureuse ! murmura Oletha. Je ne savais pas que les baisers pouvaient être si merveilleux !

— On ne t'avait encore jamais embrassée ?

— Non, avoua-t-elle en souriant.

— Oh, ma chérie, j'étais donc destiné à être le premier dans ta vie, de même que j'étais prédestiné à être celui à qui tu appartiendrais.

Il se tut quelques instants, puis ajouta :

— J'ai vécu trop longtemps en Orient pour ne pas savoir que nous nous sommes déjà rencontrés dans une vie antérieure. Ce n'est pas la première fois que je vois ton beau visage et tes graves yeux violets. Ton regard me hante depuis que je l'ai croisé ce fameux soir, dans la bibliothèque, et je sais qu'il m'a envoûté à jamais.

Oletha était si émue qu'elle en perdait presque le souffle.

— Je... t'aime... dit-elle, mais je crois que... maintenant... je devrais retourner dans ma chambre.

— Oui, bien sûr. Mais il est si difficile de te laisser partir...

Il la libéra de son étreinte.

— Nous nous verrons demain. D'ailleurs, ma chérie, nous avons toute la vie devant nous !

Ces mots la firent frissonner de joie. Elle posa la tête contre son épaule. Il déposa un baiser sur son front et se leva.

— Tu dois être fatiguée, mon cher amour. Il faut te reposer. Quant à moi, je vais m'assurer que mon ignoble cousin quittera la maison dès demain matin.

Il marqua une pause, puis demanda, comme si l'idée venait de lui traverser l'esprit :

— Venais-tu réellement de cacher un livre lorsque je suis arrivé ?

— Oui. J'ai trouvé le premier in-folio de Shakespeare, ainsi qu'une bible anglicane très ancienne. Ces deux ouvrages ont une très grande valeur.

— Tu les as vraiment trouvés ? Oh, mon amour, c'est une très bonne nouvelle pour nous deux !

Oletha comprenait très bien ce qu'il voulait dire mais, souhaitant s'assurer qu'elle ne se méprenait pas, elle demanda :

— Tu veux dire que tu utiliseras cet argent... pour faire des travaux à Gore ?

— Je veux dire que je peux t'épouser sans avoir l'impression d'être un égoïste, répondit le duc.

Il lui sourit avant d'ajouter :

— J'aurais demandé ta main, de toute façon. Mais je serai encore plus heureux de te faire partager le bonheur et l'aisance, plutôt que des problèmes financiers.

— Ces livres se vendront très cher, dit-elle sur un ton rassurant. Et il pourrait y en avoir d'autres.

Oletha eut l'impression qu'il ne l'écoutait pas. Il la regardait étrangement.

— Je t'aime et je te veux toute à moi ! dit-il. Pouvons-nous nous marier très vite ? Je présume que je devrai faire ma demande à ton père...

Oletha se rendit compte qu'elle lui devait une longue explication. Mais elle ne savait vraiment pas par où commencer.

— Je voudrais te montrer où sont les livres, déclara-t-elle pour masquer son trouble. Je pense que tu devrais les emporter dans ta chambre.

— Tu as raison, approuva le duc.

Il avait parlé d'un air absent, les yeux fixés sur les lèvres de la jeune fille.

Il l'attira soudain contre lui et prit ses lèvres avec passion, en un baiser farouche, avide, comme s'il avait peur de la perdre.

6

Oletha avait été bien avisée de voyager en train jusqu'à Londres. N'ayant encore jamais pris ce genre d'initiative, elle se dit qu'elle devait sans doute son audace à ses origines américaines.

La veille, après avoir quitté le duc, elle s'était retrouvée seule dans sa chambre, incapable de penser. Elle avait l'impression de flotter dans un monde merveilleux, irréel.

Elle savait que Sandor ressentait la même chose, car lorsqu'elle lui avait remis les livres, il les avait à peine regardés. Il avait gardé les yeux fixés sur sa bouche, et elle avait la sensation qu'il était toujours en train de l'embrasser.

— Nous reparlerons de tout cela demain, avait-il dit, presque machinalement.

Ils avaient eu du mal à se quitter. Ils avaient marché, enlacés, jusqu'à la porte de la bibliothèque. Là, Oletha s'était rappelé qu'elle était en robe de chambre, et qu'il eût été inconvenant qu'on la vît dans cette tenue.

L'harmonie entre le duc et la jeune fille était si parfaite que celui-ci avait deviné sa pensée.

Il lui avait souri.

— Tu es très belle ainsi, ma chérie. Mais je veux être le seul à te voir dans une tenue aussi suggestive.

Sa voix vibrante de désir avait fait trembler Oletha. Elle avait levé les yeux vers lui, et ils étaient restés longtemps à se regarder silencieux.

— Je dois... te quitter maintenant, avait-elle finalement murmuré.

— Pour très peu de temps. Demain, nous fixerons la date de notre mariage. Et ensuite, tu ne me quitteras plus jamais, mon cher amour.

Oletha, presque effrayée des sensations qu'il avait fait naître en elle, avait murmuré à nouveau :

— Je dois y aller... fais bien attention aux livres.

Sans se retourner, elle l'avait quitté rapidement.

Dans sa chambre, elle s'était jetée sur le lit et était restée là un long moment, submergée par un bonheur sauvage, inexprimable.

Puis elle s'était souvenue qu'elle devrait bientôt dire la vérité au duc. Comment s'y prendrait-elle ?

Finalement, lorsqu'elle s'était glissée dans son lit, elle en était arrivée à la conclusion suivante : elle rentrerait d'abord chez elle pour empêcher Mr. Baron de se rendre à Gore.

« Ce ne sera pas simple », s'était-elle dit.

Le lendemain matin, installée dans le premier train pour Londres, Oletha se répéta que les choses n'allaient pas être simples.

Après avoir consulté les horaires des chemins de fer, la jeune fille avait décidé de prendre ce train-là, très tôt. A moins de donner des explications au duc, ce qui lui avait paru impossible, il lui fallait partir avant qu'il ne se réveille.

Lorsqu'elle sonna pour appeler la femme de chambre, il n'était pas encore quatre heures du matin. Il s'écoula plusieurs minutes, avant que celle-ci n'arrive, affolée.

— Etes-vous malade, Mademoiselle ?

Elle regarda avec étonnement la jeune fille déjà à moitié habillée en train de faire ses bagages.

— Je vais très bien. Il faut seulement que je parte pour Londres, par le train de cinq heures moins dix.

Dans l'affolement des préparatifs, la femme de chambre n'eut pas le temps de poser d'autres questions, ni d'informer la gouvernante, ou pire, Mr. Hansard.

De toute façon, Oletha n'était pas un hôte suffisamment important pour qu'on s'inquiétât de son départ précipité.

Un seul cocher avait pris place dans la voiture la conduisant à la gare. Il fut donc facile de caser les malles sur le siège libre à côté de lui.

A présent, dans le train, Oletha songea que ce serait déjà une bonne chose si elle parvenait à Londres.

A Paddington, elle demanda à un porteur de se charger de ses malles. Celui-ci lui trouva aussi une voiture de louage, qui la conduisit jusqu'à la petite maison où demeurait son ancienne nounou, et où se trouvait Martha.

Les deux vieilles dames venaient juste de terminer leur petit déjeuner lorsque Oletha arriva. Martha fut extrêmement surprise de la voir.

— Miss Oletha ! s'écria-t-elle. Mais que faites-vous donc ici à une heure si matinale ? Et pourquoi ce fiacre ?

— Je t'expliquerai en route, répondit Oletha. Mais d'abord je veux dire bonjour à Nounou.

Elle embrassa sa vieille nourrice qui la complimenta pour son élégance et lui dit qu'elle était devenue une bien jolie jeune fille.

Puis Oletha accepta une tasse de thé, tandis que Martha se hâtait d'aller rassembler ses affaires au premier étage. La jeune fille n'eut donc pas l'occasion d'expliquer à sa femme de chambre les raisons de cette arrivée bien matinale.

Ce ne fut que plus tard, en route vers la maison, que Martha demanda à nouveau des explications.

— J'ai besoin que tu m'aides, Martha, comme tu l'as toujours fait chaque fois que je te l'ai demandé.

— Je ne ferai rien que votre père n'approuverait pas, Miss Oletha, vous le savez très bien, répondit la vieille servante.

Puis sa curiosité fut la plus forte :

— Que voulez-vous que je fasse ?

— Tout d'abord, que tu ne dises pas à papa que je suis allée à Londres. Si jamais il l'apprenait par Mr. Allen, ce qui est fort possible, alors ne lui dis surtout pas que tu as passé quelques jours chez Nounou.

— Mais qu'est-ce qui se passe ? Je n'aime pas du tout ça. Dès le début, j'ai trouvé étrange que vous alliez chez Mrs. Grayson sans moi.

— Oh, je t'en prie, Martha, ne me pose plus de questions, l'implora Oletha. Je suis fatiguée, inquiète, et pour tout dire, j'ai très mal à la tête.

La jeune fille ferma les yeux. Elle savait que Martha n'aimait pas la voir souffrir et que, pour le moment, elle la laisserait en paix.

Ce ne fut qu'aux environs de sa maison, dans un décor familier, qu'Oletha eut l'impression de revenir à la réalité. Etait-elle vraiment allée à Gore ? S'était-elle effectivement fait passer pour une autre, avec un talent insoupçonné de comédienne? Sandor et elle s'aimaient-ils réellement? L'avait-il réellement demandée en mariage?

Cela semblait si incroyable... Les aristocrates n'avaient pas pour habitude de se marier sur un coup de tête, ni par amour. Dans leur monde, lui avait dit son père, les mariages étaient plutôt des alliances guidées par la raison et les intérêts financiers.

Mais le duc était différent de ses pairs.

Il l'aimait et voulait l'épouser, alors qu'il aurait très bien pu lui proposer de devenir sa maîtresse.

« Je l'aime! ne cessait-elle de se répéter. Aucun homme ne saurait être aussi merveilleux. »

C'était extraordinaire: elle était tombée amoureuse de lui au premier regard, et il l'aimait aussi, pour elle-même et non pour son argent. Elle avait l'impression de vivre ce qu'avait vécu sa mère.

Son père se trompait en affirmant que de tels coups de foudre se produisent rarement. N'était-ce pas la deuxième fois que cela arrivait dans sa famille, à seulement une génération d'écart?

Oletha pouvait presque sentir sa mère à ses côtés.

« Je l'ai trouvé, maman, lui dit-elle en pensée. Il m'aime, vraiment! Il n'a que faire de mon argent! »

Le duc ne cessa d'occuper les pensées d'Oletha. Tout entière à son nouveau bonheur, elle était incapable de se concentrer sur autre chose que sur le souvenir des bras de Sandor autour d'elle, de sa bouche prenant la sienne.

Elle parvint à convaincre Mr. Baron de ne pas se rendre à Gore avant le lundi suivant la partie de chasse.

— Je suis très inquiet, avoua-t-il. Quel accueil me réserve-t-on là-bas ?

— Il ne faut pas vous inquiéter, lui dit Oletha sur le ton de la confidence. J'aurai éclairci la situation avant votre arrivée. De toute façon, la magnifique bibliothèque vous fera oublier tout le reste.

Elle lui raconta comment elle avait trouvé l'in-folio de Shakespeare et la bible anglicane. Mr. Baron ne cacha pas son étonnement.

— Etes-vous sûre qu'il s'agisse d'originaux, Miss Ashurst ?

— Absolument certaine !

Elle lui expliqua que ces ouvrages avaient été reliés par un grand amateur de littérature. Mr. Baron admit alors que cet homme ne se serait certainement pas donné la peine de relier des faux.

— A votre avis, combien le duc en obtiendra-t-il à la vente ? demanda Oletha.

— Une vente ! s'écria Mr. Baron, horrifié. Sa Grâce n'envisage tout de même pas de déposséder la bibliothèque de Gore de ses plus précieux trésors ?

Oletha, gênée, se rendit compte qu'elle avait trop parlé. Elle n'avait pas le droit de dévoiler les affaires privées de Sandor, même à Mr. Baron.

— Soyez aimable de n'en rien dire à Sa Grâce, lui demanda-t-elle, embarrassée. Il a de graves problèmes d'argent : il doit honorer des dettes contractées par son père, et faire faire des réparations urgentes dans la maison.

— Ce serait un crime que de dépareiller une telle collection de livres, protesta encore Mr. Baron.

Oletha ne savait plus quoi dire. Elle ne put que lui faire promettre à nouveau de ne pas importuner le duc à ce propos.

Combien seraient-ils à faire pression sur Sandor pour qu'il gardât les livres? Et si, malgré tout, il les vendait, ne pourrait-elle pas les acheter pour les lui offrir ensuite? Mais comment réagirait-il? Son amour-propre n'en serait-il pas touché?

L'idée qu'elle lui avait menti lui revint alors. Qu'adviendrait-il quand il apprendrait qu'elle était une riche héritière?

Comme une sentence inexorable, les paroles de son père ressurgirent dans sa mémoire:

« Jamais un honnête homme ne demandera ta main. »

Et si son père avait raison?

Jamais un honnête homme... Alors jamais le duc...

Une peur panique envahit Oletha.

Si le duc avait suffisamment d'argent pour faire face à ses dépenses les plus urgentes, refuserait-il de l'épouser parce qu'elle était riche? Cela paraissait improbable, même incroyable. Pourtant, la peur grandissait en elle, irrépressible, dévastatrice...

Quelle serait sa réaction lorsqu'il apprendrait la vérité? Son amour pour elle serait alors mis à l'épreuve... Elle voulait croire que tout se passerait bien, qu'il ne la rejetterait pas...

A nouveau, elle se rappela les paroles de son père:

« Jamais je n'aurais épousé ta mère, si elle avait été immensément riche quand je l'ai rencontrée. »

Oletha ne pouvait trouver la paix. Perturbée par ses pensées, elle errait sans but dans la maison. Et le soir, lorsqu'elle se coucha, elle ne réussit pas à s'endormir.

Ce ne fut que le lendemain, peu avant l'arrivée de son père, qu'elle prit soudain la décision de tout lui raconter. Certes, il serait furieux qu'elle eût agi ainsi, mais Oletha se faisait fort de le persuader que la fin avait justifié les moyens.

La jeune fille était assez proche de son père pour savoir que sa pire crainte était qu'elle refusât d'aller à Gore ou qu'une fois là-bas elle s'arrangeât pour que le duc ne lui fît pas sa demande en mariage. Il serait donc heureux d'apprendre qu'elle ne rêvait plus que de ce mariage !

L'amour était la valeur la plus importante aux yeux d'Oletha. Et elle était persuadée qu'il en était de même pour le duc. Mais le doute la torturait pourtant...

Aussi, quand son père fut de retour, il ne manqua pas de remarquer l'inquiétude dans son regard.

— Tu sembles préoccupée, ma chérie. Que s'est-il passé ?

— Rien, papa. Je me suis ennuyée de toi.

Le sort en était jeté. Elle n'avait pas eu le courage de lui dire la vérité. A présent, il fallait continuer à jouer la comédie et retarder l'heure des explications jusqu'à leur arrivée à Gore.

Heureusement, le colonel était trop préoccupé par leur prochain séjour à Gore pour soupçonner quoi que ce fût.

— Aucun homme au monde n'aurait été capable de se procurer une telle collection de robes en un temps si court ! se vanta-t-il. De plus, j'ai pensé que tu pourrais porter certains des bijoux de ta mère. Je suis donc allé en chercher quelques-uns dans mon coffre, à Londres.

Comme elle se taisait, il poursuivit :

— Evidemment, tu ne peux pas encore porter ses bijoux les plus coûteux. Mais je t'ai rapporté un collier de diamants qui sera sur toi du plus bel effet. J'ai également pris la parure de turquoises que je trouve parfaite pour une jeune fille.

« Des turquoises »... Oletha ne put s'empêcher de repenser au marché malhonnête que lui avait proposé Harry Goring. Jamais elle ne pourrait porter de turquoises sans que cela lui rappelle cet homme abominable. Aussi s'empressa-t-elle d'objecter :

— Je pense que je ne devrais pas porter des bijoux qu'une fille de mon âge n'est pas censée posséder. Je ne voudrais pas que le ...d... duc ou ses invités puissent penser que j'étale mes richesses.

Sa voix avait tremblé quand elle avait mentionné le duc, mais son père ne l'avait pas remarqué.

— Tu as peut-être raison, dit-il. Tu porteras donc tes perles, comme d'habitude, mais nous emporterons les autres bijoux, au cas où tu en aurais besoin.

Sachant que cela ferait plaisir à son père, Oletha examina tous les vêtements qu'il lui avait achetés. Les chapeaux, en particulier, étaient somptueux. Elle n'en avait jamais porté d'aussi sophistiqués.

L'un d'eux était piqué de plumes d'autruche, un autre, un feutre épais qu'elle porterait à la chasse, était orné de plumes d'oie. Son père lui assura qu'il s'agissait de la dernière mode de Paris.

— C'est bien ce que je pensais, déclara Martha d'un air faussement sévère. Votre père a oublié tous les accessoires dont vous allez avoir besoin. Heureusement, je vous ai apporté plusieurs paires de gants, des chaussons et des bottines pour la chasse.

Oletha lui sourit.

— Je savais que je pouvais compter sur toi. Mais souviens-toi qu'il ne faut pas parler de ton voyage à Londres devant papa. Il serait vexé d'apprendre qu'il a oublié des choses essentielles.

Et le grand jour arriva. Ils partirent tôt le matin et voyagèrent dans le plus grand confort. Mais cela n'était rien, comparativement à ce qui les attendait à Paddington.

Oletha ignorait que le duc de Gorleston, à l'instar de la plupart des nobles anglais, accueillait ses invités dans un train privé, à la manière de Son Altesse Royale. Aussi s'étonna-t-elle d'un tel faste.

Des serviteurs en livrée frappée aux armoiries de Gore les accueillirent à leur descente de voiture. D'autres domestiques s'occupèrent de leurs malles. Oletha fut impressionnée par le nombre de bagages en partance pour Gore. Les invités feraient-ils vraiment usage de tout ce qu'ils avaient emporté ?

Oletha ignorait qu'en présence du prince une dame se devait de ne jamais porter deux fois la même tenue.

De nombreux invités extrêmement élégants se dirigeaient maintenant vers le train privé. Le colonel les connaissait tous.

— Inutile de vous demander pourquoi vous êtes là, Ashurst, dit l'un des gentlemen. Une rumeur, fort déplaisante d'ailleurs, raconte que le duc voudrait vendre l'écurie de son père. Si c'est vrai, vous devez empêcher cela à tout prix.

Le colonel Ashurst eut un sourire énigmatique, mais son ami insista :

— J'espère que ce n'est qu'une rumeur. Nous ne pouvons laisser les roturiers évincer de respectables propriétaires, et goûter aux divertissements des rois.

Des personnes qui se tenaient près de lui se mirent à rire.

— Je suis sûre que le colonel Ashurst, le plus grand expert du royaume en matière de chevaux, aidera le duc à ne pas faillir à son devoir, dit une très jolie femme. Il empêchera ainsi les Goring de rompre avec la tradition. N'est-ce pas, colonel ?

Oletha s'aperçut que la dame regardait son père d'un air charmeur. Il n'y avait d'ailleurs là rien d'étonnant. Le colonel était un homme encore très séduisant.

Mais, après qu'il l'eut présentée comme sa fille, Oletha remarqua un changement d'attitude général à son égard. Ils la regardèrent tous avec une attention plus vive, comme s'ils évaluaient sa fortune et devinaient pourquoi on l'avait invitée.

Mal à l'aise, la jeune fille aurait voulu fuir ces regards inquisiteurs.

« Le duc ne m'épousera pas pour mon argent ! » avait-elle envie de crier.

Mais elle avait l'affreux sentiment que ces regards s'immisçaient entre Sandor et elle, détruisaient la magie de ce qui leur était arrivé...

Ils s'installèrent tous dans le train et attendirent le départ.

— Pourquoi ce retard ? demanda une dame.

— Nous attendons Son Altesse Royale, Madame, répondit le serveur tout en remplissant les coupes de champagne.

— Vient-elle donc avec nous ?

— Oui, Madame. Mais Son Altesse a un wagon privé.

Un gentleman eut un petit rire.

— Je pensais bien qu'il ne manquerait pas l'ouverture de la chasse à Gore.

— Qui la manquerait, vu le beau tableau que nous avons fait la dernière fois ? remarqua un autre invité.

Puis ils se mirent tous à parler de la chasse de

l'année passée et du nombre considérable de faisans qu'ils avaient tués.

Bien que n'ayant pas participé à cette chasse, Oletha avait été tenue au courant par son père et savait que plus de deux mille faisans avaient été tirés.

— J'espère sincèrement que Gorleston n'a pas l'intention d'économiser sur les tirs ! s'exclama quelqu'un. Le prince a toujours dit préférer chasser à Gore que partout ailleurs.

— Le duc devra peut-être choisir entre les chevaux et les faisans, suggéra un homme âgé.

— Mon Dieu ! Sa situation en est-elle à ce point ?

— Apparemment, son défunt père a laissé de nombreuses dettes.

Il y eut un moment de silence. Puis l'une des dames prit la parole.

— Je ne pourrais supporter l'idée de ne plus venir chasser à Gore. Nous nous sommes toujours tellement amusés dans cette superbe maison. Charlie dit que si les meubles tombent en ruine, la cave vaut le déplacement !

Tout le monde rit. Puis un homme remarqua :

— Le duc est jeune, en bonne santé, et bien de sa personne. Il ne lui sera pas difficile de trouver une riche héritière à épouser !

Un silence gêné suivit ces paroles. Tout le monde savait que c'était exactement la phrase à ne pas dire...

Puis les conversations reprirent.

Par la fenêtre, Oletha vit le prince de Galles monter dans son wagon, accompagné de nombreux serviteurs. Puis le train s'ébranla.

A la gare de Gore, un tapis rouge avait été déroulé pour les invités. Le prince fut le premier à descendre du train. Un attelage à quatre chevaux l'emmena immédiatement chez le duc.

L'immense demeure parut encore plus impressionnante à Oletha. Elle avançait comme dans un rêve et avait l'impression de devenir de plus en plus petite, comme Alice au pays des merveilles.

Elle regrettait à présent de ne pas avoir dit la vérité à son père. Il l'aurait soutenue, aidée à affronter l'instant délicat où elle se retrouverait face au duc.

Quelle serait la réaction de Sandor en la voyant? Ses yeux brilleraient-ils d'amour? Puisqu'il l'aimait, tout se passerait bien, se rassura-t-elle.

De plus, la jeune fille était vraiment belle, ce jour-là. Elle rayonnait littéralement dans son superbe ensemble, composé d'une robe soulignant sa minceur et d'une cape splendide ornée de zibeline. Aucune des invitées n'aurait pu rivaliser en élégance avec elle.

Cependant, elle ne pouvait s'empêcher d'être inquiète. Que répondrait-elle si le duc s'exclamait en la voyant:

— Miss Baron! Mais je ne vous attendais pas!

Avant de partir, elle lui avait laissé un petit mot sur sa coiffeuse:

«Je dois m'en aller. Je t'expliquerai pourquoi quand je te reverrai, c'est-à-dire très très bientôt. Pardonne-moi de ne t'avoir rien dit hier soir, mais je te rejoindrai le plus vite possible. Je t'aime.»

Et, au moment où elle avait signé «Oletha», elle s'était promis de ne plus jamais mentir au duc à l'avenir. Il comprendrait pourquoi elle avait eu recours à cette supercherie, il comprendrait qu'elle ait voulu découvrir par elle-même qui il était vraiment.

Elle était certaine qu'ils n'auraient jamais pu tomber amoureux l'un de l'autre, si elle n'avait pas eu le courage d'agir ainsi.

Oui, Sandor comprendrait. Sandor lui pardonnerait...

Pourtant, en pénétrant dans l'immense hall de marbre, Oletha tremblait d'émotion et d'angoisse.

Mais le duc ne se montra pas. Ce fut Mr. Hansard qui les accueillit.

— Sa Grâce vous prie de l'excuser, mais Son Altesse Royale souhaitait lui parler en privé. Sa Grâce pense que vous comprendrez.

— Mais bien sûr! murmurèrent les invités.

Tout le monde se dirigea vers le premier étage, et Oletha se retrouva dans une chambre bien plus grande que celle qu'elle avait occupée quelques jours plus tôt.

Une femme de chambre aida Martha à défaire les bagages, tandis qu'Oletha commençait à se préparer. Lorsqu'elle eut pris son bain et eut revêtu l'une de ses nouvelles robes, son père, qui occupait une chambre contiguë à la sienne, vint la chercher pour le dîner.

— Tu es magnifique, Oletha, la complimenta-t-il en la voyant. C'est parfait: comme je te l'ai souvent dit, entre un homme et une femme la première impression compte énormément.

Oletha eut un petit sourire: le duc était effectivement tombé amoureux d'elle dès le premier regard. Il le lui avait dit.

— Merci, papa. Je n'ai jamais rien porté d'aussi beau.

Effectivement, cette robe était somptueuse. Blanche, longue, coupée dans du tulle à partir de la taille, elle était ornée de diamants autour du décolleté et des manches bouffantes. Elle seyait parfaitement à la jeune fille, mettant en valeur toute la pureté de sa jeunesse.

Le colonel Ashurst remarqua avec satisfaction qu'Oletha portait le collier de diamants. Elle l'avait mis pour se protéger, se sentir plus sûre d'elle, mais se rendait bien compte qu'un bijou ne suffisait pas à lui procurer l'assurance dont elle manquait.

— Es-tu prête ? demanda son père. Nous ne devons pas être en retard le premier soir. Il nous faut respecter le protocole et être tous en bas avant le prince de Galles.

— La princesse Alexandra est-elle là ?

— Non. Mrs. Keppel accompagne le prince, ce qui signifie qu'il sera de bonne humeur.

Il sourit, puis ajouta :

— Il a toutes les raisons de l'être. La plupart de ses amis les plus chers sont là. Et ce sont de fameux chasseurs. J'espère que le duc veillera à ce que nous puissions tirer un nombre record de faisans.

Oletha songea que ce serait peut-être la dernière partie de chasse à Gore. Le duc ferait certainement en sorte que tout soit parfait.

L'argent qu'il tirerait de la vente des livres lui permettrait de parer au plus pressé, mais il ne pourrait pas mener le même train de vie que son père. Les courses de chevaux et les parties de chasse étaient une charge bien trop lourde.

« Dans quelques minutes, il saura que tous ses problèmes peuvent être réglés... Grâce à notre amour. »

Elle frémit à cette idée et regretta de ne pas avoir eu le courage de demander à lui parler en privé, dès son arrivée. Mais la présence du prince l'en aurait certainement empêchée. On lui aurait poliment fait comprendre que sa requête était irrecevable.

Et maintenant, tandis qu'elle descendait le grand escalier aux côtés de son père, Oletha avait l'affreux pressentiment de courir au désastre. Le duc, sous l'effet de la surprise, l'accuserait-il devant tout le monde de l'avoir trompé ? Dénoncerait-il son imposture ?

Elle était certaine que Sandor n'agirait jamais ainsi. Mais elle ne pouvait s'empêcher d'imaginer le pire...

Un couple se tenait devant eux, lorsque la jeune fille et son père atteignirent l'imposante double porte du salon.

Un majordome annonça les deux invités qui les précédaient :

— Le marquis et la marquise de Ripon, Votre Grâce !

Oletha connaissait ce nom : son père lui avait souvent parlé du marquis de Ripon comme de l'un des plus fameux chasseurs d'Angleterre.

Le duc parlait encore avec le marquis et sa ravissante épouse quand le colonel et sa fille entrèrent dans le salon. Le majordome marqua une pause avant de les annoncer.

Oletha regarda le duc et sentit son cœur chavirer dans sa poitrine. Elle l'avait déjà trouvé impressionnant, lors de son séjour à Gore. Mais ce soir-là, en habit d'apparat, il semblait soudain inaccessible.

Un sentiment de panique envahit la jeune fille. Elle avait l'impression que ce qui comptait le plus pour elle venait de lui échapper, avant même qu'elle ait pu le saisir. Cet homme-là n'était pas celui qui l'avait serrée dans ses bras, lui avait juré qu'il l'aimait et ne pouvait vivre sans elle. Non, ce n'était pas celui qui l'avait embrassée avec passion, l'entraînant dans un monde de pure extase, jusqu'alors inconnu...

Cet homme était un étranger.

— Le colonel Ashurst et Miss Ashurst! tonna le majordome.

Ils avancèrent. Le cœur d'Oletha battait si fort qu'elle craignait que tout le monde l'entende. Elle leva les yeux vers le duc, mais l'émotion brouillait sa vue. Puis elle entendit sa voix.

— Comment allez-vous, colonel? Ravi de vous accueillir à Gore. J'espère que nous ferons un beau tableau demain.

— Je n'en doute pas un seul instant, répondit le colonel. N'est-ce pas pour cela que vous nous avez invités?

— J'ai plutôt l'impression que c'est moi, l'invité, dit le duc en riant. Vous en savez tous plus que moi sur cette partie de chasse. Il y a sept ans que je n'ai plus tiré un faisan!

— Vous allez vite rattraper ce retard, lui assura le colonel.

Puis, comme s'il se souvenait tout à coup de la présence d'Oletha, il dit:

— Puis-je vous présenter ma fille? C'est sa première sortie dans le monde, et je suis persuadé qu'elle en gardera un souvenir inoubliable.

Oletha retint sa respiration.

Puis, comme si elle n'était qu'une marionnette dont son père tirait les ficelles, elle fit une petite révérence.

— Je suis ravi de vous avoir parmi nous, dit le duc. J'espère que vous passerez ici des moments fort agréables.

Oletha lui tendit la main, et c'était comme l'appel

d'une naufragée. Quand elle leva à nouveau les yeux vers lui, elle se rendit compte avec horreur que son visage impassible ne trahissait pas la moindre émotion. Exactement comme s'il ne la reconnaissait pas.

Oui, sur ce visage tant aimé, ne se lisait plus qu'une sévérité lugubre, une dureté ne laissant même pas place à l'ombre d'un sourire.

7

« Je l'ai perdu ! » se répétait Oletha avec désespoir.

Le duc plaisantait et riait avec ses amis, mais ne l'avait pas regardée une seule fois depuis qu'elle était arrivée. Oletha avait l'impression de vivre un cauchemar.

Comment était-il possible qu'après l'avoir serrée dans ses bras, lui avoir dit qu'elle était à lui pour l'éternité, Sandor ne la reconnût pas ou la traitât délibérément comme une étrangère ?

Après son entrée désastreuse, elle avait traversé le salon dans un état second, et s'était laissé entraîner par son père vers un groupe de gens à qui il désirait parler.

— Chère Oletha ! Quel plaisir de vous voir ! s'était exclamée lady Grayson. Je viens justement de parler de vous à notre hôte, et de lui dire que je vous connais depuis votre naissance !

Le duc avait donc su la vérité, avant même qu'elle ne fît son entrée...

Durant toute la soirée, il l'ignora totalement. Puis, quand tout le monde monta se coucher, il fit même en sorte de ne pas lui dire bonsoir.

Cette nuit-là, Oletha pleura longtemps... Tous ses rêves s'étaient écroulés. Le duc ne voulait plus d'elle, parce qu'elle avait trahi sa confiance.

Le lendemain matin, malgré sa douleur, la jeune fille se força à descendre prendre son petit déjeuner dans la salle à manger. Peut-être la nuit avait-elle porté conseil au duc. Peut-être lui demanderait-il au moins des explications.

Mais il ne se montra pas. Pourtant, tous les invités étaient présents, y compris les dames les plus âgées qui voulaient assister à la chasse.

C'était une très belle journée, fraîche mais d'une clarté lumineuse. Pourtant, au fil des heures, Oletha eut l'impression de plonger dans un brouillard de plus en plus épais.

Elle découvrait le duc sous un tout autre jour : dans le rôle de l'hôte parfait.

Ses gardes-chasse rabattaient le gibier, comme dans le passé, mais il affinait lui-même les angles de tir, s'occupait de ses invités, et tout particulièrement du prince.

Son Altesse Royale semblait d'ailleurs très satisfait de se trouver à Gore. La veille, pendant le dîner, il avait ri à chacune des remarques des deux charmantes dames assises à ses côtés. Pas un seul instant il n'avait paru s'ennuyer.

Et maintenant, après avoir passé une excellente matinée à chasser, puis avoir déjeuné, le prince attendait avec impatience les trois rabattages de l'après-midi.

Les deux premiers vols de faisans avaient été magnifiques, comblant tous les espoirs des participants. Mais le dernier rabattage, expliqua le colonel à Oletha, constituait un test, même pour les meilleurs chasseurs du royaume.

Tôt le matin, les invités avaient tiré leur place au sort, excepté le prince, à qui l'on avait réservé le meilleur endroit.

Le colonel Ashurst serait placé à la lisière du bois. Oletha et lui s'y rendirent par une allée cavalière, et la jeune fille remarqua une aire de tir sur leur passage.

— Notre hôte sera là, dit le colonel. Les oiseaux volent si haut à cet endroit, que nous saurons bientôt si le duc est aussi bon tireur que son père.

Ils poursuivirent leur chemin, puis le colonel vit le piquet indiquant sa place. Son chargeur chargea son premier fusil, le lui tendit, puis chargea le second.

Un oiseau passa haut dans le ciel. Le colonel mit en joue, mais il ne tira pas, car ce gibier était vraiment hors d'atteinte.

— Veuillez m'excuser, Monsieur, mais je crains que nous ne soyons à court de cartouches, déclara alors le chargeur. Je viens seulement de m'en apercevoir.

Le colonel fronça les sourcils.

— Ce n'est pas sérieux de votre part ! fit-il d'un ton sévère. Je dois pouvoir tirer autant que je veux !

— Je suis désolé, Monsieur. Dois-je demander à Sa Grâce de bien vouloir nous donner quelques-unes de ses cartouches ?

Le colonel hésita, puis se tourna vers sa fille.

— Oletha, va trouver le duc et explique-lui ce qui se passe. Je ne veux pas être en manque de munitions quand le gibier sera là.

— Très bien, papa.

Oletha revint sur ses pas et aperçut bientôt le duc, debout contre un arbre, légèrement en retrait de l'allée cavalière. Il tenait un fusil dans la main droite et son chargeur se trouvait juste derrière lui.

Sandor ne l'entendit pas approcher. Quand elle fut à ses côtés, il tourna la tête et, à sa vue, détourna les yeux et à nouveau regarda droit devant lui.

Pendant quelques instants, Oletha ne put prononcer un seul mot. Finalement, le cœur battant, elle se força à parler.

— Papa demande... si vous seriez assez aimable pour lui donner quelques cartouches. Il craint de ne pas en avoir assez.

— Mais bien sûr, répondit-il d'un ton glacial.

Il s'adressa à son chargeur :

— Barton, portez ma seconde cartouchière au colonel Ashurst.

Le chargeur déposa avec précaution le second fusil du duc contre un arbre, puis il prit une cartouchière posée sur le sol et s'éloigna rapidement.

Oletha ne bougea pas. Le moment tant attendu était enfin là : elle avait l'occasion de parler au duc seule à seul.

Mais elle ne savait pas par où commencer...

Le duc, quant à lui, regardait toujours droit devant lui.

— S'il vous plaît... laissez-moi vous expliquer... commença-t-elle, d'une toute petite voix.

A cet instant, un faisan passa dans le champ de tir de Sandor. Celui-ci mit en joue et fit feu.

L'oiseau continua à voler très vite, et Oletha pensa que le duc l'avait manqué. Puis elle crut entendre un bruit derrière elle et se retourna. Le faisan s'était peut-être écrasé après avoir tenté de fuir dans un ultime sursaut d'énergie...

Mais elle vit alors quelque chose de surprenant : le canon d'un fusil pointer entre les branches d'un gros buisson. Etrange... se dit-elle.

Puis, tandis que le duc levait son fusil pour viser un autre faisan, la jeune fille comprit subitement : l'arme était pointée sur lui !

Dans un mouvement impulsif, elle se jeta sur le duc, lui faisant perdre l'équilibre. Ils s'écroulèrent tous deux au sol.

Au même instant, une violente détonation retentit. Oletha sentit l'impact des plombs projetés sur elle. Une douleur atroce envahit sa nuque. Elle poussa un cri et sombra dans le néant.

— Vous avez eu beaucoup de chance ! dit le docteur, en appliquant une compresse sur la nuque d'Oletha. Il y avait des dizaines de plombs dans votre cape et votre chapeau. Heureusement qu'ils n'ont pas pénétré plus loin. Je ne comprends pas qu'on puisse utiliser un aussi gros calibre pour chasser le faisan.

Il examina l'un des trois plombs qu'il venait d'extraire de la nuque d'Oletha.

— Si une cartouche entière avait touché un homme à la tête, cela aurait pu être très sérieux, déclara-t-il d'un ton grave.

— Vous voulez dire que cela aurait pu tuer un homme ? demanda Oletha, un léger tremblement dans la voix.

— Une blessure à la tête est toujours dangereuse parce qu'elle peut endommager le cerveau, lui expliqua-t-il.

Soudain, tout devint clair pour Oletha. A présent, elle savait qui avait tiré sur le duc.

— Nous n'avions pas eu d'accident de chasse depuis bien longtemps, à Gore, remarqua le docteur. Il est malheureux que cela arrive justement lors de la première partie de chasse organisée par Sa Grâce.

Il sourit à Oletha comme pour s'excuser d'avoir minimisé la douleur qu'elle avait pu éprouver.

— Si vous n'aviez pas été si bien protégée, cet accident aurait pu avoir des conséquences dramatiques, poursuivit-il. Les blessures par balles s'avèrent souvent fatales.

« Cet accident... » Le duc avait donc préféré prétendre qu'il s'était agi d'un accident...

Lorsqu'il l'avait soulevée, puis portée dans ses bras jusqu'au break qui devait rapporter les fusils à Gore, Oletha, en état de choc et souffrant atrocement, avait été incapable de lui dire un seul mot.

Néanmoins, elle s'était sentie soulagée d'être tout contre lui et surtout de voir qu'il était sain et sauf.

Sain et sauf... pensait-elle à présent. Oui, le duc avait échappé de peu à son diabolique cousin qui, n'ayant pas réussi à le voler, avait tenté de le tuer.

— Maintenant, reposez-vous bien, Miss Ashurst, lui recommanda le médecin. Et je vous conseillerais de ne pas assister au bal, ce soir. Dînez au calme dans votre salon, ou mieux encore, au lit.

Il la regarda avec compassion avant d'ajouter :

— Je sais que c'est dur, à votre âge, de ne pas pouvoir être la reine du bal, mais il faut vous ménager. Sans compter la douleur, qui risque de persister quelque temps, vous devez considérer le choc nerveux que vous avez subi.

Il prit sa sacoche, se dirigea vers la porte et se retourna avant de sortir.

— Si vous négligez mon conseil, comme je m'y attends, essayez au moins de vous reposer demain. Je téléphonerai dans la matinée, pour m'assurer qu'il n'y a pas de complications.

— Merci, docteur.

Il sortit, et elle l'entendit faire ses recommandations à Martha, qui était complètement affolée.

Oletha se laissa aller contre les coussins de la chaise longue. Elle n'éprouvait pas le désir de danser. Elle voulait seulement voir le duc, lui parler, éclairer la situation afin qu'il cesse de lui en vouloir.

Elle repensa à ce que lui avait dit le docteur, et fut certaine qu'il le répéterait au duc. Alors Sandor comprendrait qu'il avait de peu échappé à la mort. Si elle n'avait pas été près de lui, Harry Goring l'aurait tué.

Celui-ci avait d'ailleurs bien préparé son coup. En effet, en pleine partie de chasse, il eût été difficile de savoir qui avait tiré. En outre, on aurait tout fait pour minimiser les conséquences de ce prétendu accident, afin que le prince de Galles n'en fût affecté d'aucune manière.

Oui, le capitaine Goring avait tout prévu. Et Oletha était prête à parier qu'il ne s'en tiendrait pas à cet échec. Il recommencerait...

Une peur panique l'envahit. Elle aimait un homme, et cet homme était en danger. Peut-être, la prochaine fois, ne serait-elle pas là pour le protéger...

Martha entra dans la chambre, interrompant le cours de ses pensées.

— Jamais, de toute ma vie, je n'ai vu une chose pareille ! s'exclama-t-elle, indignée. Vous auriez pu être tuée. Alors qu'aurions-nous fait ?

— Vous n'auriez rien pu faire du tout, répondit faiblement Oletha.

— J'ai toujours détesté les fusils et les armes en général, déclara Martha d'un ton sévère. Et maintenant, je vais vous mettre au lit, et vous n'en sortirez plus jusqu'à demain matin.

— Non, je préfère rester là, dit Oletha. Je me sens mieux à présent et mon cou ne me fait presque plus mal.

— Mais vous avez subi un choc, protesta Martha. C'est au lit que vous serez le mieux.

Lorsqu'elle comprit qu'Oletha ne céderait pas, elle arrangea la couverture bordée d'hermine sur les jambes de la jeune fille, puis s'en fut lui préparer « une bonne tasse de thé ».

— Cela vous requinquera, déclara-t-elle d'un ton sans appel.

Peu après, comme elle s'y attendait, son père vint la voir.

— Tu vas bien, ma chérie ?

— Tout à fait bien, papa. La blessure n'était pas si grave, mais c'était très douloureux.

— Je n'arrive pas à comprendre ce qui s'est passé.

— Qu'a dit le duc ?

— Je n'ai pas réussi à le voir. Mais j'ai entendu dire que les gardes-chasse avaient attrapé un homme dans le bois.

Oletha se retint de poser les questions qui lui brûlaient les lèvres : son père n'aurait pu y répondre.

Au bout d'un moment, il lui dit qu'il devait aller s'habiller pour le dîner.

— Je pense qu'il serait plus sage que tu ne bouges pas de ta chambre, suggéra-t-il. Mais ce serait vraiment dommage que tu manques ce bal.

— Je te rejoindrai peut-être plus tard, si je me sens bien.

— Voilà qui me paraît raisonnable ! Je repasserai avant de descendre dîner.

Il se retira et Oletha recommença à espérer la visite du duc. Elle souhaitait ardemment qu'il demande à la voir. Mais il ne vint pas. Peut-être s'attendait-il à ce qu'elle fût assez courageuse pour descendre dîner...

Déprimée, elle toucha à peine aux mets délicieux qu'on lui servit. Puis elle se mit au lit. Tout le monde, à présent, devait se trouver dans la grande salle à manger.

Il serait absurde, se dit-elle, de se faire belle, de rejoindre les autres après dîner, si le duc ne dansait pas avec elle, l'ignorait totalement, bien qu'elle lui ait sauvé la vie.

« Aucun honnête homme ne demandera jamais ta main ! »

Cette phrase résonnait dans sa tête, lancinante, entraînant à sa suite un découragement croissant.

— Je descends dîner, Miss Oletha. Y a-t-il quelque chose qui vous ferait plaisir ? s'enquit Martha.

Une seule chose pouvait lui faire plaisir : voir le duc ! Mais elle dit :

— Non, rien, Martha, merci. Je vais essayer de dormir.

— C'est ce que vous pouvez faire de mieux, approuva la vieille femme de chambre.

Martha éteignit toutes les lumières, excepté la lampe de chevet, puis laissa la jeune fille se reposer.

Oletha se demanda si le duc remarquerait son absence au dîner. Puis, le cœur brisé, elle se dit qu'il ne lui accorderait peut-être même pas la moindre pensée, trop occupé à se divertir.

— Je l'aime. Je l'aimerai toute ma vie ! murmura-t-elle.

Elle avait partagé avec lui des moments si intenses, si rares... Jamais plus elle ne connaîtrait cela. Avec aucun homme...

Elle se souvint de tout ce qu'ils s'étaient dit. Et, à nouveau, elle ressentit cet inexprimable ravissement qui l'avait envahie, portée, éblouie lorsqu'il l'avait embrassée. Oui, il y avait dans cet amour une magie infinie...

Quand elle entendit la porte s'ouvrir, elle se dit que Martha avait dû revenir plus tôt que prévu. Elle tourna la tête et eut la surprise de voir le duc s'approcher d'elle.

Dans son habit d'apparat, il était aussi resplendissant que la veille, mais Oletha ne regardait que ses yeux. Car c'était dans son regard qu'elle lirait ce qu'il ressentait pour elle.

Quand il fut tout près d'elle, la jeune fille tendit les mains vers lui.

— P... pardonne-moi... je t'en prie ! dit-elle d'une petite voix brisée. Je sais que tu es fâché... mais laisse-moi tout t'expliquer. Je voudrais tant que tu comprennes...

Tout d'abord, le duc ne bougea pas. Puis il prit les mains d'Oletha dans les siennes.

— Tout ce qui compte, pour le moment, c'est que tu m'as sauvé la vie. Comment as-tu pu être aussi imprudente ?

— Je n'ai pas eu le temps de réfléchir, répondit Oletha. Je savais qu'il avait l'intention de te tuer et que je devais... d'une manière ou d'une autre... l'en empêcher.

Le duc s'assit au bord du lit.

— Je n'oublierai jamais que tu as risqué ta vie pour moi.

Ses yeux brillant d'amour, sa voix pleine d'émotion, chassèrent tous les doutes d'Oletha. Elle serra ses mains très fort, comme pour lui montrer qu'elle avait besoin de lui. Il parut le comprendre et déclara :

— Je n'ai pas osé venir avant que l'on ait servi le porto.

— Tu veux dire... que tu as abandonné tes invités dans la salle à manger ?

— Les serviteurs me préviendront si quelqu'un se plaint de mon absence.

— Je voulais te voir... j'avais tellement besoin de te voir !

— Je le savais. Mais tu me dois des explications, ajouta-t-il tranquillement.

Oletha fut surprise par son calme.

— T... tu... ne m'en voudras pas ? demanda-t-elle, encore incapable de croire à son bonheur.

— Comment le pourrais-je, après ce que tu as fait pour moi ?

— Mais tu étais furieux quand tu as su qui j'étais ?

— Très furieux ! reconnut-il.

— Lady Grayson t'avait parlé de moi avant que tu ne me voies.

— Que tu sois la fille d'un conservateur m'avait paru peu plausible. Et je ne pouvais pas croire qu'il existât deux jeunes filles portant un prénom aussi peu courant que le tien. Toutes deux du même âge et d'une étonnante beauté !

Oletha inspira profondément.

— Je voulais voir... qui tu étais. Papa m'avait toujours dit qu'aucun honnête homme ne me demanderait jamais en mariage, et je ne supportais pas l'idée qu'on m'épousât pour mon argent.

Elle serra encore plus fort ses mains et ajouta, dans un sanglot :

— Tu m'épouseras ? Je t'en prie... épouse-moi. Si tu refuses, j'en mourrai, car je ne peux pas vivre sans toi.

— Tu le penses vraiment ?

— Tu sais bien que oui. Je t'aime, et je n'ai jamais autant souffert... que depuis que je suis arrivée ici. Tu ne me parlais pas... tu ne me regardais même pas.

— C'était cruel de ma part, admit-il. Mais j'étais follement amoureux d'une adorable jeune fille. Celle-ci avait trouvé dans ma bibliothèque des livres dont j'espérais tirer le meilleur prix. Grâce à elle, j'allais pouvoir régler mes problèmes immédiats. Et j'espérais qu'elle m'aiderait, dans l'avenir, à faire face sans dépendre de personne.

Il y eut un petit moment de silence.

— Elle désire toujours t'aider... si tu veux bien d'elle, déclara finalement Oletha.

Elle eut l'impression qu'il hésitait et ajouta d'une voix désespérée :

— S'il te plaît... s'il te plaît oublie que j'ai... autre chose à t'offrir que mon cœur. Car c'est bien le plus important, n'est-ce pas ?

— Mais oui, ma chérie. Pour moi, seul ton amour compte. Tu fais déjà partie de moi. Sans toi, je ne suis plus rien.

Il avait parlé avec une profonde douceur, et il se pencha pour l'embrasser, très tendrement, comme s'il craignait de lui faire mal.

A nouveau, Oletha fut transportée dans cet univers merveilleux que seul Sandor connaissait, qu'il était le seul à lui faire découvrir.

— Tu... m'épouseras? lui demanda-t-elle quand leurs lèvres se séparèrent. Dis-moi que tu le feras!

— Ce serait plutôt à moi de te poser cette question, dit-il en souriant. Mais nous connaissons tous deux la réponse. Notre amour est trop fort pour que nous puissions y résister. Il nous a saisis dès l'instant où nos regards se sont croisés.

— Dans la bibliothèque...

— Quand tu m'abusais en prétendant être quelqu'un d'autre! Comment as-tu pu faire une chose aussi affreuse?

— Je... Il fallait que je sache qui tu étais avant de venir à Gore avec papa.

Le duc poussa un petit soupir.

— Il me semble incroyable que j'aie essayé alors, par tous les moyens, d'éviter d'épouser une femme riche.

Oletha passa un bras autour de son cou, rapprochant ainsi son visage du sien.

— Ne pouvons-nous pas oublier que je suis riche? plaida-t-elle. J'ai toujours détesté posséder plus d'argent que mes semblables.

— Si nous utilisons ta fortune pour aider les autres et faire participer Gore à la grandeur de l'Angleterre, le fait d'être riche ne nous posera aucun problème.

— En es-tu sûr? demanda-t-elle, plongeant son regard dans le sien.

Il la regardait avec amour, mais il y avait dans ses yeux une nuance d'attendrissement toute nouvelle. Alors, comme si elle lisait dans ses pensées, Oletha lui dit:

— Ce ne sera pas mon argent, ni ton argent, mais « notre » argent. Car je ne suis plus moi-même, mais une part de toi. Et toi tu es une part de moi. Dis-moi que c'est vrai!

— C'est vrai, ma chérie. Nous le ressentons tous les deux. Alors nous allons penser à nous, à notre bonheur, et oublier tout le reste.

Il eut un petit rire avant d'ajouter :

— On me considérera comme un coureur de dot, de même qu'on pensera que tu t'es acheté un titre de noblesse. Mais nous n'accorderons aucune importance aux rumeurs, parce que nous possédons la chose la plus précieuse qui soit : notre amour !

— O mon chéri ! s'exclama Oletha. Comme je t'aime ! Mais tu dois être prudent. Supposons que... supposons que le capitaine Goring essaie à nouveau de te tuer ?

— Tu savais que c'était Harry ?

— Bien sûr. Je ne l'ai pas vu, mais je sais qu'il est le seul à qui ta mort profiterait.

Le duc allait parler, mais Oletha l'arrêta d'un geste.

— Et maintenant, j'ai peur, poursuivit-elle. Peur qu'il n'essaie à nouveau de te tuer.

— Ne t'inquiète pas. J'ai fait en sorte qu'Harry ne puisse pas attenter à ma vie une seconde fois.

— Comment ?

— Il s'est fait prendre par deux gardes-chasse, dans le bois. Et, bien qu'il ait protesté, affirmant qu'il avait parfaitement le droit d'être là, ils me l'ont amené.

— Et que t'a-t-il dit ?

— Il a tenté de s'en sortir en inventant toute une série de mensonges. Alors, je lui ai donné le choix entre deux possibilités.

— Lesquelles ?

— Partir à l'étranger, avec une coquette rente que je lui verserai, ou rester en Angleterre. Mais dans ce dernier cas, je révélerais à tout le monde ce qu'il a essayé de faire.

— Il a donc accepté de partir à l'étranger.

— Il n'avait pas le choix. Rester signifierait être rejeté par tous les membres de la bonne société. En outre, il a besoin d'argent.

Le duc eut un petit sourire ironique.

— Je crains, ma chérie, que cette rente ne soit à ta charge.

— Je veux bien lui donner tout ce que je possède, tant qu'il ne représente plus un danger pour toi !

Le duc éclata de rire, fou de bonheur.

— Alors, tu penses à moi, ma chérie ?

— Tu le sais bien. J'ai eu si peur de te perdre.

— Il ne m'arrivera plus rien, parce que à partir de maintenant tu vas veiller sur moi. J'exigerai que tu ne me quittes pas un seul instant, le jour comme la nuit. Ainsi, je ne craindrai plus rien.

— C'est tout ce que je désire, mon amour. Je veux être avec toi, près de toi. S'il te plaît... embrasse-moi.

Elle tendit ses lèvres vers lui et le duc l'embrassa passionnément. Mais quand il la serra un peu plus fort, il la sentit tressaillir.

— Pardonne-moi, ma chérie, dit-il alors, sincèrement désolé. Je me conduis comme un rustre et je te fais mal. Mais je te désire tellement !

— J'espère... que tu me désires, murmura-t-elle. J'ai tant de choses à apprendre dans ce domaine...

— Je ne crois pas que tu auras besoin de beaucoup de leçons, remarqua le duc, dans un sourire. Mais maintenant, ma toute belle, je dois te laisser : si je reste plus longtemps, je vais te compromettre aux yeux de nos invités.

Oletha eut un petit rire.

— Ils seraient sans doute très choqués s'ils apprenaient que tu m'as embrassée, alors que je n'avais qu'une chemise de nuit sur moi ! Et aussi que j'ai passé plusieurs jours à Gore sans chaperon.

— Personne ne doit jamais l'apprendre. Je suppose que tu peux compter sur la discrétion du conservateur... s'il y en a un ?

— Il arrivera lundi, l'informa-t-elle. Et je peux t'assurer qu'il ne nous trahira pas. En outre, il s'intéresse vraiment aux livres.

Elle marqua une pause avant de poursuivre :

— Si tu veux encore vendre cette bible et cet in-folio, pourrai-je les acheter ? Ils me sont très précieux... parce qu'ils nous ont réunis.

— Nous déciderons ensemble de les garder ou non, de même que nous prendrons en commun toutes les autres décisions. Maintenant, mon cher amour, je dois vraiment te laisser. Et Dieu sait que cela me coûte terriblement. Je voudrais rester des heures avec toi, passer la nuit à te dire combien tu es belle et embrasser chaque parcelle de ton corps.

Transportée de bonheur, Oletha se jeta à son cou.

— Je t'aime ! Je t'adore ! Je t'en prie... épouse-moi très vite.

— Aussi vite que ton père me le permettra, murmura le duc.

Puis il prit ses lèvres et l'embrassa si passionnément qu'elle eut l'impression de flotter très haut dans le ciel, parmi les étoiles.

— Je dois partir, dit-il en s'éloignant d'elle à regret. Pense à moi, et rêve de moi, ordonna-t-il. Demain, je trouverai le moyen de m'isoler avec toi, pour te serrer dans mes bras.

Sans lui laisser le temps de répondre, il traversa la chambre et sortit.

Elle écouta le bruit de ses pas, tandis qu'il s'éloignait dans le couloir. Et, encore toute vibrante de ses baisers, émerveillée par la splendeur de son amour, elle murmura, encore et encore :

— Merci, mon Dieu, merci... merci... !

2832

Achevé d'imprimer en Europe (France)
par Brodard et Taupin à La Flèche (Sarthe)
le 20 mars 1998. 6777T-5
Dépôt légal mars 1998. ISBN 2-277-22832-X
1er dépôt légal dans la collection : avril 1990

Éditions J'ai lu
84, rue de Grenelle, 75007 Paris
Diffusion France et étranger : Flammarion